耶路撒冷
天空　下

王静文　著

SPM
南方出版传媒
花城出版社
中国·广州

图书在版编目（ＣＩＰ）数据

耶路撒冷天空下 / 王静文著. -- 广州：花城出版
社，2017.2
ISBN 978-7-5360-8291-5

Ⅰ. ①耶… Ⅱ. ①王… Ⅲ. ①长篇小说－中国－当代
Ⅳ. ①I247.5

中国版本图书馆CIP数据核字(2017)第012408号

出 版 人：詹秀敏
责任编辑：郑裕敏　邹蔚昀
技术编辑：薛伟民　凌春梅
装帧设计：王　茜

书　　名　耶路撒冷天空下
　　　　　YE LU SA LENG TIAN KONG XIA
出版发行　花城出版社
　　　　　（广州市环市东路水荫路11号）
经　　销　全国新华书店
印　　刷　佛山市浩文彩色印刷有限公司
　　　　　（广东省佛山市南海区狮山科技工业园A区）
开　　本　880毫米×1230毫米　32开
印　　张　8.375　1插页
字　　数　180,000字
版　　次　2017年2月第1版　2017年2月第1次印刷
定　　价　32.00元

如发现印装质量问题，请直接与印刷厂联系调换。
购书热线：020－37604658　37602954
花城出版社网站：http://www.fcph.com.cn

目 录

序幕

"你是什么时候来以色列的？"

这个问题被无数次地提出来：以色列内务部的官员，特拉维夫机场入境处的以色列安检，街上查签证的警察，出租车司机，逾越节家庭聚会上的一个远亲，火车上偶遇的一个陌生人，以及丹。

我来以色列的时间是2006年7月9日，三天以后，也就是2006年7月12日，第二次黎巴嫩战争爆发，本在当晚应征入伍。

我甚至还没有完全倒过时差，也还没有熟悉犹太男人本身体的温度。

那是晚上十二点过，他摸过来床边，说："他们电话了。"

"他们？"

"是，他们，我得回部队，明早五点出发。"我记得入睡前他还在台灯下学习准备高考。

"你是说，你要去打仗？"本的眼睛是深褐色的，大而有长睫毛的犹太男人的眼睛，大多数时候像羚羊的眼睛一样，这时候像两个深黑的洞，看着你的时候，很难不掉进去。

"也许没有那么严重。"我不仅仅还没有熟悉这个犹太男人身体的温度，我甚至还没有学会正确判断他眼睛所传递的信息。

"你是说，因为白天黎巴嫩的事情吗？"甚至黎巴嫩这个国家，当天对我来说才具有实际的意义：这个国家的真主党白天往以色列北部发射了火箭弹，五个以色列国民受伤，稍后又袭击了以色列境内的士兵，三人死亡，两人被绑架，以色列方面随后的营救小组又失去了五个士兵，以色列国防军随即发射了火箭弹报复，对方伤亡不详。

本默然站起来，开始收拾行李：从衣柜的最深处拿出大背包，军服，深棕色的人头高帮军靴。他从军靴的上部开口夹层里拿出一块铝片，上面有两组七个相同的阿拉伯数字，再从军绿的衬衣口袋里掏出一挂项链，链子是最结实的圆珠连接而成，坠子也是一块长方形的铝片，上面还是一样的重复的两组阿拉伯数字。

本用手指捏着那块铝片，观察它。他那双关节突出，手掌宽大的双手，有种奇怪的沉默的力量，这个身高超过一米九的犹太男人，没有一丝丝在电影中看到的集中营里那些犹太人的痕迹，他高大挺拔，坚硬而宽阔，看上去无坚不摧。

这两块冰冷的铝片，一个将被扣在他的大军靴的鞋帮里，一个将挂在他的脖子上，如果他战亡，他的战友会折断其中一组数字，送去给他的家人，或者说，如果他战亡，面目全非，以色列国防部通过这组数字，就能查到他是谁，他们也许还会查到，他有一个来自遥远东方的中国女朋友，他们的间谍机构对消息的灵敏是出了名的，全部用着安全的名义。

"你能不去吗？"我忽然莫名其妙地用中文说。

他仿佛不懂中文，开始清点像士兵一样排列在沙发上的物件：两件衬衣，五条内裤，五双袜子，两条有各种口袋的裤子，一条布的裤带，除了沙发前方地板上的棕色军靴，全是军绿色。查看完后，他从其中一件衬衣的口袋里掏出有三根杠的肩套，打开衬衣肩部的锁扣，放进去，拉直，再扣起来。我甚至都不知道，那三根杠代表什么军衔，他从来没有跟我讲过他当兵的事。

"我想，你能不能不去？"我愈发说得莫名其妙，没有底气，这一次是英文。

"这是我的国家，蓝。"他头也没抬，并开始将所有的东西一一紧紧地卷起来，再一一塞进军绿色的背包里。

是的，这是他的国家，他的祖辈被希特勒杀得七零八落，父辈经过了好几次战争才建立起来的国家，连他自己出生的时候，他父亲还在第一次黎巴嫩战争的战场上。我怎么能明白这句话的意义呢？他们漂泊了几千年，最后奇迹般地回到祖先的国土，建立了这个新生的国家，几代人抛头颅洒热血。这是他的国家，他父辈祖辈的国家，以及那些流散的祖先梦想的国家，我怎么能理解这句话里有多么奋不顾身，毫无选择？

那夜我一直没睡着，从云层里不断传来以色列国防军轰炸机沉闷的飞行声音，我本来也没有倒过时差，那是我在以色列的第一个夏天，你要是没有见识过沙漠的热情，绝体会不到以色列的夏天热得如何真实。

第一章　本

一

　　"你什么时候来以色列的？"丹坐在桌子的对面，穿蓝色格子衬衫，衬衫第一个纽扣开着，有几根胸毛露出来。

　　我渴望得到这个以色列第三大钻石公司的工作，所以，我必须通过这个考试，这个心理加测谎的考试，将延续整整一天。

　　"2006年7月9日。"我说，"第二次黎巴嫩战争爆发前。"画蛇添足地加了一句。

　　丹面无表情，在电脑前记着什么。他电脑旁的桌子上放着黑色的有很多接口的盒子，还有各种奇怪的带管道和夹子的工具，这些工具，一头将连接到我的身体的某些部位，另外一头将连接到他面前的电脑上，在回答他提问的时候，这些感测器将会监测我的身体反应，这些反应会在电脑上显示成数字代码或者是线条，通过分析这些奇怪的符号，他将会形成一个报告，这个报告用来确认，我是不是值得信赖，也将成为我应聘的钻石公司LD是否录取我的重要参考数据之一。

　　"你为什么来以色列？"他鼻梁挺直，主宰着整个脸部的轮廓。

“我那时候，有一个男朋友，他是犹太人。”虽然早已经被警告过，这个测试可能会持续一整天，会问到很多问题，可是我还是没有准备好开始讲述本。

“你的男朋友，他叫什么名字？”

“本。”我说，“我曾经的男朋友，他的名字叫本。”“本”在希伯来语里是“儿子”的意思。

“全名是？”

“本·以色列。”我记得我问过本，为什么他的姓是以色列，他告诉我，他祖辈在二战后从欧洲回到以色列，抛弃了以前的姓，取姓“以色列”。实际上，在以色列的北部，有个山谷，也叫“以色列谷”，以色列谷在四月的时候，和梵高的画一样美。本在第一次黎巴嫩战争的时候出生在地中海边的一个基布兹①里。

“你们怎么认识的？”

我看着他，我真的还没有准备好，在一个陌生人的面前，开始述本，况且以色列的这三年，我早已经失去了倾诉或者讲述的欲望：我用希伯来语对付生活琐事，用中文在心里和自己交谈，英文是别人的语言，我用来工作，我没有讲述的欲望，我从来都是沉默寡言的人。

他看着我。如果没有经过特别的训练或者有过人的天赋，一个人很难看懂在摩萨德②工作超过十年的丹。

———————————

① 基布兹：以色列的一种集中居住的集体社区，过去主要从事农业生产，现在也从事工业和高科技产业。
② 摩萨德：以色列国家情报机构，性质如美国的CIA。

　　我吞咽了一下。丹后来告诉我，当人要撒谎的时候，经常会有吞咽的欲望。

　　"蓝。"他叫我的名字，发音无比清晰，像会说些中文的本。"我很抱歉，我们需要完成这个测试，你需要回答我的问题，大部分将是私人问题，但是这些私人问题，我保证，都只停留在这个测试。"

　　我遇见本的时候，他不过24岁，这个年龄对一个以色列世俗犹太人来说，生活还有一万种可能。可是我已经30岁了，没有离婚，因为没有结婚，像成千上万或者被自己或者被男人或者被时代耽误了的中国女人，生活对我来说，仿佛已经没有什么挣扎的必要和可能了。

　　我和他，本来像中东和中国那样遥远，可是两个人，却在同一时间跑去世界的最高峰旅行，并在那里，遇见了。

　　本后来总是说，你看，你的命是我救回来的。

　　我后来爱他爱得发疯，或者恨他恨到发狂的时刻，总是跺脚问他："你那一年，为什么要去西藏？"

　　"我去那里，并不是为了遇见你。"

　　一样的话，被爱着的人说出来，狡猾的嘴角，有否定的甜腻；被恨着的人说出来，牙缝里都刮着丝丝的冷酷。

　　本那时候在路上两年，吃的都是陌生土地上长出的陌生食物，那些陌生食物仿佛只让他长胡子和头发，他看上去跟电影《阿甘正传》里的男主角莫名地疯狂奔跑的时候没什么两样。

　　我那时候在北京城日日挤地铁，地铁那样挤，我感觉自己就像个水泡一样，很容易就会破掉。绝望之余，先是想抱个大仙人球去和男人们的胳膊斗勇，后来想想，还是游泳圈够智慧。不管是仙人球还是游泳圈的设想，都让我失望，整个城市，工作还有生活，都是失望透顶了的。

偌大的帐篷旅店，只有我和本两个客人，本顶着85升的大包，站在火塘旁，说："你好。"

我躺在床上，高原反应引发的高烧让我两眼昏花，喉咙里"咕咚"一声，以为他是日日经过的地铁口那叫花子。

"你还好吗？"他又说。把包放下来，就着火塘脱那裂了口子的厚底靴子。

不是夏末吗？这叫花子怎么还穿靴子？我想。又咽下去"咕咚"一声，算是有了个模糊不清的回答。

醒过来的时候，我看到像刷子一样的睫毛，在火塘的金黄的光里，停留在一本小书前，睫毛的上面是一堆杂草一样的鬈发，下面是一大把粗黑的胡子。没有中国男人会长那样洋娃娃般的睫毛以及这样浓密的须发，我忽然明白他是个老外，吃陌生的食物不仅让他长胡子和头发，还长睫毛。

"你好！"我说，回光返照一样清醒后，想起来下午的时候，他的问候。本从火光里回过头来，满头鬈发在大帐篷的天花板上晃动，两个大眼睛里的一个在火光里闪着光，另外一个在黑暗里静默。

"你能给我倒杯水吗？我想，我生病了。"我说，抬不起身子。只感觉到他的长影子滑稽而鬼魅地在帐篷的天花板上跳跃几下，他就背着光站到了我的铺位前——我们没有看清楚彼此，从一开始就是这样。

我闭上被烧得像要流出血来的眼睛，用英语说："水。"滚烫的额头随即感觉到他粗硬而凉的手指。

"你的病很大。"他的中文，让我忽然笑了。

"你还好吗？"他重复下午说过的话，转身走开。

我刺痛的眼睛里忽然流出滚烫的泪珠来，我的整个身体、内脏和神经都在高烧的灼热里疼痛：春末里的某一天，我给了地铁口那个叫花子一百块。整整三年，他每天都在同一个地方，用同一种姿态和表情乞讨。我没有给过他一分钱，我看着他的胡子一寸寸地长起来，他的头发一天天花白起来，我恨他日日在同一个地方，同一个时间乞讨，把乞讨执着得像一种事业，像每天早上六点叫醒我的闹钟那样一成不变，让人生厌。可是那一整个冬天，叫花子忽然就消失了，就像我自己日日令人生厌的日子忽然戛然而止了那样让人"震惊"。春天的时候，他又出现了，苍白消瘦，好像大病了一场。我再见到他的那天，是早春里的一个艳阳天，他还是在同一个地方，用同样的姿态乞讨，可是有什么改变了，我掏出那个月工资里崭新的一百块来，小心翼翼地放到他面前的盆里，用两个一毛的硬币压稳了，轻手轻脚地走开。一周后，我办妥了辞职手续，一个人背包出门旅行。

他三步两步跨回自己的大包那里，回来的时候，一只手捏着两片药，另外一只手端着一杯水："你看，我是犹太人，你可以相信我，吃下这两片药，你的烧就会退，如果你不吃，你就会有麻烦，很大的麻烦。"

我不知道他为什么要专门说自己是"犹太人"，他其实什么都不用说，在那个时候，在罕有人迹的珠峰大本营，不要说他是犹太人，哪怕他是珠穆朗玛山里的野人或者雪人，我也会听他的，我的生命渴极了，不管那一杯水是谁递过来的，我都会喝下去。

"你们是什么时候认识的？"我不明白我应该回答丹具体的日期，还是说干脆就告诉他是春夏秋冬里的某一季。

"我的意思是说，你们认识后多久，你就来了以色列？"丹试图避开我寻味的目光。我有种轻微的胜利感。

高烧当晚吃了本给的药，我很快沉沉睡过去，很多时日以后，我才知道，本来摸过我的额头两次，看我是不是在继续发烧。

第二天一早醒来，高烧退了很多，珠峰完全在云雾里，我还不想死在那里，知道自己必须离开，下到海拔低一点的地方，所有的高原反应症状就会自然消失。

本一早提着相机出去了，我一边慢慢收拾，一边跑出帐篷去查看天气，到完全收拾完了，珠峰才一步步亮开了真面目。我和本站在十月的珠峰大本营，欣喜地看着那厚厚的云层拔丝一样缓缓褪去，最后露出世界的最高峰，在湛蓝的天幕下，美得让我痛哭流涕。

本来摸我的额头，说，"喂，你的烧已经退得差不多了吧？"我哭着对他咧嘴一笑。本后来说，他遇到过无数的中国女子，我和她们不一样。

他收拾行李的速度是一个好士兵才有的，我们一起下山，继续西藏之旅，然后去新疆，最后经青海过甘肃，南下重庆，取长江到上海，最后飞北京。

"然后你就决定来以色列了吗？"

"本问我，愿不愿意跟他来以色列，我说我愿意。"

回到北京，本暂时借居在我租的公寓里。我忽然意识到我得重新面临找工作，这个事实如此真实而紧迫，超过一年的旅行，花去了我并不多的积蓄里的大部分。长途旅行后的真实生活真实得失真，而单身多年的我，屋子里忽然多出一个有深褐色大眼睛的高大犹太男人，他会在早上煎鸡蛋，或者某一天挪开所有家具拖地打扫卫生，像一个梦幻。

那天，本决定剪掉他两年没有剪过的头发，刮掉那在城市里看起来有些骇人的胡须，理发师举着剪刀，看着一头互相纠集的鬈发无法下手，我对她苦笑一下，低头翻看杂志。当我从一堆被翻看得油腻而无聊的杂志里抬头的时候，几乎惊呆了：那像蓬勃的杂草一样的鬈发散落一地，被剃掉胡须的干净下颚居然显出修长，那满地的毛发刷落了他满世界走的风霜，露出一对大大的白色招风耳。坐在我面前的，是一个留寸头的犹太青年，他的眼睛因为头发变短而显得硕大无比，他是一个如此俊美的青年。

"怎么啦？不好看吗？"他很认真地问我。

"没有，雅菲（很漂亮）。"我用他早上教给我的希伯来语说。

晚上我们去酒吧，他当天继续纠缠着问我的年龄，就像中国人很难判断犹太人的年龄一样，他认定我比他还要小，我不愿意让他知道我比他大，最后纠缠不过，说："你们犹太人，不知道礼貌吗？中国女人的年龄，是不能问的。"

"蓝，年龄其实对我不重要。"他昨天还是成熟的男人，当过兵，满世界行走，沉着冷静，今天却只是俊美的青年，在灯光朦胧的酒吧里闪着耀眼的光。我看着他，我想我有些醉意了，我们都喝了好几杯，而他聚集了周围各种方向射过来的女孩子的眼光。

我有些头晕，站起来去洗手间，回来的时候，隔壁邻桌的女孩正在我的座位上和他鼻子对鼻子说话，酒吧里人声嘈杂，我听到她对他喊："以色列在哪里啊？"他脸上忽然生起不屑，对我说："蓝，你告诉她，我的国家在哪里？"我看着那张年轻漂亮的脸，说："在中东沙漠里，那里不产石油，战争不断。"

她悻悻地离开。

我坐下去连着干了两杯，脑子里知道白天那个面试的工作肯定没戏。摇摇晃晃地端起最后一杯酒，想说点什么，忽然泪如雨下，人生真是失望透顶！

他好像并没有看见我的泪珠，忽然喊着说："蓝，喝完这杯，你跟我去以色列吧！"

二

"蓝，请告诉我你的家人。"

"家人？"

"对，你的父母以及兄弟姐妹。"

"我是唯一的孩子，我没有兄弟姐妹。你知道中国的计划生育政策吗？每对夫妇，只能生养一个孩子。"

"哦，是的，我听说过。那么你的父母呢？"

"我父亲在我七岁时候病逝了，我母亲在三年前也去世了。"

丹看着我，这个曾在尔虞我诈和陷阱重重的间谍世界里炼透的男人，好像不能相信眼前这个中国女人的现状，就是说，这个世界上，她没有亲人，她父母去世，因为中国的生育政策，她没有兄弟姐妹，现在，她独自一人，不在自己的国家，而在异国他乡。他也许一辈子也没有遇见过这样倒霉的一个女子。

我感觉到他想忽视空气里那几秒的停顿，双手试图在电脑上敲打什么。我几乎可以肯定，他只是在敲打一些乱码。我忽然被一种悲壮的美击中：在这个世界上，我孤身一人。

"那么，你是一个人吗？在中国。我是说，你没有外婆外公或者爷爷奶奶吗？"

"是的，我在中国的时候，是一个人。"

"我很抱歉。"他看着我，现在，我不是他观察或者"审问"的对象，他不需要借助那些管道和夹子，以及代表不同信息的各种代码来考验我是否诚实，是否够资格从事这个钻石工作，我这么孤零零地坐在他面前，一个弱女子，异国人，独自一人在异乡，想要的，不过是一份体面的工作。

"不必。"我说，没有特别想要推辞他试图隐藏起来的那么一点点怜悯。"你知道，我本来，也习惯了。"

"你父亲，他叫什么名字？"我不明白他为什么要问一个死去了快三十年，我几乎记不得容颜的人的名字。

"他叫华南。"我随便给了他一个名字，如果他要问我是什么意思，我就会再随便给他一个解释，可是他没有，而是在电脑上敲下那个读音。

"你母亲呢，她叫什么名字？"

我又给了他一个读音，我忽然有丝微的愤怒，我几乎想要叫停这个测试，但是我需要，也想要这个工作。

"蓝，你能给我讲讲你的生活吗？从小的生活。"

"你需要知道什么？"

"就是随便聊聊你小时候的生活。"

"我在中国北方的农村长大，读书成绩很好，后来考上大学，去北京念书，毕业后留在北京工作。"我从来也没有，试图讲述自己的一生，何况在一个陌生异国男人的面前。

"你小时候，最喜欢吃的食物是什么？"

他为什么要用"喜欢"。"喜欢"是个多么自恋并挑剔的字眼，在很多时候，甚至是奢侈。我不准备告诉他，在我们那个冬天会冻死人的村子里，在那个年代，食物能果腹，但是没有花样可挑拣。我养父去世以前，在我生日的时候，会收到大大的一整个咸鸭蛋，平时一年里罕有的几次能吃到鸡蛋。

"桑葚。EIZH TUTIM。"我用希伯来语加一句，在本所在的基布兹生活的时候，五月一整个月，每天早晨，我会在海边散步，回来的路上，摘上桑葚，洗好放在酸奶里，加一点点蜂蜜，变成紫色的酸奶清新美味。我小时候则是在树上边摘边吃，下树的时候，满手满脸都是紫色的酱汁。

"你小时候，最喜欢的玩具是什么？"

我想过去敲他的头，告诉他我是穷孩子，小时候没有玩具，更没有"喜欢"的权利。我养母那些三教九流的"朋友"在我养父去世后，有时候会带给我些小玩意，我一律对它们弃之不顾。我那时候喜欢一个人玩，在身上头上裹满衣服或者围巾，挥舞着长袖，对着空气唱戏。

"我记不清了，没有特别喜欢的玩具，科恩先生，我想您不太了解三十年前中国北方的农村生活。"

他接受了我的挑衅。我想这是他第一次用他那些习惯驾驭的管道和夹子来测试一个黄皮肤的亚洲人，不仅仅是挑战，简直是无从下手。

"你在中国的工作是什么？"他决定面对现实。

"先在报社做记者，后来做一本杂志的编辑。"

"讲讲你的工作。"

"我喜欢我的工作。"

"可是你放弃你喜欢的工作，忽然到以色列生活？"他回到了那个摩萨德情报员的本性，前后没有超过一分钟。

"我喜欢我的工作，可是我不喜欢自己的生活，我是说，在中国的生活。"

"那么你喜欢以色列的生活吗？"丹忽然转变了话题。

有很多以色列人，他们会问我这个问题，等车时搭话的闲人，一个家庭聚会上偶遇的远亲，语言学校里的同学，咖啡馆里邻座的陌生人，甚至我的前老板。

我没有理由不喜欢以色列的生活，就像没有人能拒绝自由一样。我们不能回到母体，重新选择出生，可是在以色列，仿似知晓前生后再重生。语言，眼神，皮肤的颜色，四季的更替，沙漠的力量，地中海的晨昏，阳光的穿透力，鸟语花香的空气里春天的味道，呼啸的炮火里的战争，街上成群的挎枪的男女士兵，有信仰的人在自己的神领导的世界里不管不顾的表情。我为什么不能离开以色列？是因为这样的生活没有公式，自己不会受到约定俗成的评判，除了这要命的测试，没有人会问你，你是谁？你的父母是谁？没有人会关心，你的父亲，他是一个高官，还是一个木匠；没有人会在乎，一个不知道自己生身父母的细长眼睛的东方女子如何打发循环的日日夜夜。

连我自己对自己，也变得无比陌生起来，这通常是在收到各种各样的真诚的赞美后：看看你有什么样的头发呀！你的皮肤，像金子一样闪着光！你的鼻子真是可爱极了！你总那么苗条，你的秘籍是什么？

在中国，我像一团灰色的空气，试图生存在更大的一团灰色的空气里，有无数次，满眼都是焦虑的人群，就连这些焦虑的人群里，也没有人的焦虑是和我相关的，我身体和脑子里，每天都上窜下跳地闪动着那个念头：离开，远远地离开，生活，工作，城市，暧昧的不清不白的感情，互相利用的友谊，城市里日夜发酵膨胀的欲望，无休止的奉承和讨好，以及僵硬的微笑。我有时候，一早醒来，就有背起包，从此出走的念头，从谁那里出走？出走到哪里？这些问题会忽然把我惊醒：我无处可去！！！

所以，当有一天，那是我和本分手以后，我一个人，走在五月黄昏的特拉维夫海滨大道，落日醉染了地中海，海滩上横着竖着躺着身材火辣惹火的女子，肌肉男在跑步，光屁股的孩子们在沙堆里玩乐，狗在冲浪，试图捕捉一只海鸟，年轻男人浑身黝黑地在玩沙滩排球，画面如此生动，而我就在那里，就在画面当中，好似透明，没有人来怜悯和打扰，不是这落日里的地中海海滨精彩生活的一抹败笔，而是，一个安静而仿佛透明的存在。那天，我忽然意识到，我已经成功出逃了，逃得远远的，仿佛地球的另外一端，我的梦想如愿以偿，在这个地方，没有人认识我，在中国也没有多少人认识我，可是，在中国，那些总萦绕着我的灰色空气，它们总是在告知我，我是一个人，是被注视和怜悯了的那一个人，而在那个黄昏，空气清新，金黄阳光里透明的黄昏，"一个人"被赋予了新的意义。

只有在以色列，我会面对自己，会在镜子里看着细长眼睛的高个头女子，我会试图和她交流，问她问题，帮她回答。在中国，我很多时候对着镜子哭泣，或者咒骂：看看你的生活！你究竟在干什么？

　　"是的，我喜欢以色列生活。"我看着丹，第一次绽开笑容。丹后来加了一条其他以色列人没有给我的赞美："我的天，你有什么样的笑容呀！"

　　"告诉我你为什么喜欢在以色列生活？"

　　在丹问我这个问题前，我从来没有认真地去想过，我喜欢在以色列生活的理由，我亦不能告诉他。我在这里，是没有被怜悯的，没有身世，没有过去，没有养父母，没有那些在一起时间长短不一的对我的小名嗤笑的男朋友。

　　"我喜欢在以色列生活，因为它就在这里，真实而疼痛。"这是一个不是答案的答案。我看到他的眉梢动了一下，一个测谎专家应该也是有真感情的。

三

"在以色列，我们有各种麻烦，有没有觉得不安全？"

"在以色列，我比在中国有安全感。"

"真的？"他盯着我，好像我不给他解释清楚，他就不会让我走似的。

"在中国，我害怕夜行，即使白天也会有被抢劫或者偷窃的可能。在以色列，我没有这样的感觉。"

"哦，你是说社会治安不好。但是我们还有更头疼的问题，以色列和周围这些邻居的冲突，比如加沙随时有可能发过来的火箭弹。"

"我相信你对中国的情况有所了解，我们有好几十年的和平时期，刚开始的时候，是有一种如此靠近这些只有电影里才会出现的镜头的恐惧和激动，现在我和大家一样，正常地朝九晚五。"我如此说，几乎可以肯定他接下来会问什么。

"跟我讲讲本去黎巴嫩时你的生活。"他果然说。

我和本住在基布兹里给年轻人用的单身公寓里，门前的草坪上有一棵凤凰树，我不知道你见过凤凰树开花没有？凤凰树不开花的时候，是绿色里面的一层绿色，毫无出彩之处，可是一开起花来，就有本事夺得所有关注，犹如凤凰涅槃般的转变。

黎巴嫩战争一爆发，本去前线后，本妈妈就过来接我，把我安顿在书房里。

那是一种怎样奇怪的感觉，我很难给你解释。我住在这样一对中年犹太夫妇的家里，好像是他们唯一的孩子，可是我和他们不过才初识三天，他们的西方面孔，我的眼睛都还未习惯，战争对他们来说，虽然不算家常便饭，可是真不是什么值得中断正常生活的事情：本爸爸每天照样一早起床和他的泰国工人去自己的基布兹的果园里，本妈妈照旧在基布兹的办公室每天工作六个小时。

基布兹警报拉响的那天是开战以后的第七天，黎巴嫩真主党一开始的袭击目标主要是北部的戈兰高地和加利利河谷，边境上的几个小镇虽然早已经燃起了烟火，离边境好几十公里的基布兹还算安静。

早上不到九点的时候，我一个人坐在餐桌旁，正对着几盒奶酪不知如何下手，凄厉的警报忽然在基布兹上空拉响，那是我在以色列第一次听到警报，也是人生中的第一次。我早已被告知，警报一响起，你就赶紧去150米外的防爆屋，你有60秒的时间，这是足够的，不要惊慌，跑过去足够了，警报响起只是代表有可能这个区域会落下黎巴嫩发射过来的炸弹，并不是说就在你的头顶，只要你去防爆屋里，就会没事。

那一刻我非常惊慌，"啪"地从椅子上站起来，想抓什么东西，要把奶酪放回冰箱吗？要锁门吗？电话？水？我想起本爸爸的告诫，什么都不用拿，跑到防爆屋就行了。我打开门，警报声更加凄厉，邻居八岁的鬈发女孩子正在对她的狗大叫，索菲，快来，到我这里来。

150米不算远，我到达的时候，已经有十来个人在里面了，那防爆屋里有灯，唯一的铁窗户已经被死死地关上，空气并不算好闻，但是因为战事，地面被打扫得干干净净，围着四面墙有一排矮长凳，可能是因为位于地底下，在这里感觉不到地中海炙热的七月，反而有凉飕飕的寒意。

索菲是一条黄色的拉布拉多犬，躁动不安，它的小主人试图让它坐下，有人挪开一个位置给我，我惶惶地坐下去，对面的中年妇人对我安静地笑笑，有人拉着孩子，试图和孩子说话。那一刻我忽然无比清楚地知道，本，那个超过一米九的犹太大眼男人，他正在战场上，那里有猛烈燃烧的火焰，呼啸的子弹，瞬间可以炸平一栋房子的炸弹，还有死亡。他就在这些电影里才会出现的画面中间，现在。

那六十秒的警报不算短，我也没有听到炸弹落下的方向，大家陆续离开，我最后走出防爆屋，七月早晨的地中海在几十米外蓝得没心没肺。

回到家，我立即收到本爸爸的电话，你怕吗？还没等我回答，他说，没什么好怕的，等你在这里久了，你就知道，我们的"爱和平"的邻居们经常要这样闹得鸡犬不宁，今天是北边的，明天是南边的，你不会想到要逃跑回中国吧？哈哈，要是他们同意，我们甚至可以把你送到部队上去锻炼一下，这样，你就觉得这是小儿科了。他还是试图开玩笑，他一定也想到他在战场上的独子。

那次警报以后，就再也没有断过，轰炸机隆隆地飞过头顶的云层；消防车和救护车没日没夜地凄惶地尖叫；军用的民用的直升机来来去去飞过海岸线上空。电视上开始出现的画面开始紧紧揪着看的人的心：一个肥胖的男子全身软软地坐在一把电脑椅前，楼房的一部分已经垮塌，他低垂着头，厚重的灰尘几乎将他完全变成了灰色，只有鲜红的血从额头和鼻孔流出，在全灰色的画面里格外刺眼；北部被炸弹点燃的森林燃着熊熊大火，消防士兵黑色的身影在熊熊大火的背景中显得无比单薄；全副武装的国防军士兵在黑夜的镜头下，像狼的夜眼一样亮着瞳孔，他们打着手势试图交流；地面进入黎巴嫩以后，士兵甚至在黎巴嫩被遗弃的房子里找到锅碗瓢盆做饭吃；以色列的北方居民更多的是面对镜头述说，而黎巴嫩的那边则是妇女在一片疮痍的废墟里呼天抢地痛哭尖叫。

第一个星期，以色列方面捷报频传，可是很快，真主党的炸弹已经频繁地落在距离基布兹不到二十公里的以色列第三大城市海法，夜晚甚至能看到炸弹升空时候划破凝结黑暗的天穹时的轨迹，然后是短短的几秒可怕的坠落时候的安静，最后是或近或远的爆炸声伴随着冲天的火光。

本妈妈开始尽量不去上班，本爸爸也减少了工作时间，毕竟田野里没有防爆屋，本的两个嫁到欧洲的姐姐每天都会打电话过来，等到有颗炸弹落在基布兹沙滩上的时候，本妈妈用大块的不干胶贴上客厅对着院落的两大扇落地玻璃，以防被炸弹的轰鸣震破，行动不便的祖母被接到了家里，警报一响起来，我们就让她赶紧坐到轮椅上，飞速地推着她去防爆屋。

那天晚上的电视新闻里有骇人的镜头，镜头打在一个名叫"圣神的工作"的团队（这个团队的工作是收敛交通事故、恐怖袭击或者战事中死去的人的尸首）的工作人员的背影上，他满身灰尘地站在因为爆炸而一地狼藉的街道上，镜头移到他手上的一把小铲子上，在满是灰尘的光影里，那小铲子上的血珠闪着亮光，只是几秒的镜头，我却挥之不去。

七月底是本妈妈的生日，本爸爸忽然宣布我们要出去吃饭庆祝，他若无其事地问我："蓝，你想吃什么？中餐，意大利菜或者是摩洛哥菜？"我看着他，不能确定他是否在开玩笑。最后按照当晚寿星本妈妈的喜好，我们决定开车十几公里去一家意大利餐厅。我记不得那天晚上点了什么，只记得一枚炸弹划破黑暗，落在卡梅尔山的某处，然后是一声遥远的轰鸣，爆炸时候的火焰映在餐厅大玻璃上，有骇人的美。令我惊讶的是，餐厅虽然没有完全坐满，可是也并不只是我们这一桌。

本爸爸还是在桌上开着玩笑，这个土生土长的以色列人有着怎样坚强的神经，才可以面对眼前的一切？

每天都有士兵战亡的消息，成千上万的北方的民众在迅速地转往南边，耶路撒冷的人们还是在上班，但是很多人组织起来捐赠物资和食物，或者自愿接纳从北边转移的民众，一个叫Gaidamak的百万富翁在南边搭建巨大的营地，接纳那些没有地方去的北方居民。虽然国际社会在不停地呼吁停战，但是战事没有停止的迹象，祖母开始唠叨和质问执政党，伊朗人装备下的黎巴嫩真主党这次有点让在中东战争中屡战屡胜的以色列人吃惊。

8月2日对本爸爸和本妈妈的基布兹来说是个令人心碎的日子，服后备役的罗尼牺牲了。他的家人要求不要将他葬在军用墓地，而是葬在基布兹能看见地中海的小丘上的墓地里，在他祖父的身旁。

我参加了葬礼：人群集中在小小的山丘上，惯常的犹太人死亡后，下葬时候只用白布裹了，直接放在挖好的土地里，作为战亡士兵，罗尼躺在棺木里，棺木上裹着以色列的大卫王星的国旗。他的家人讲述这个28岁青年的一生，他是个土生土长的以色列犹太人，他爱着一个叫玛雅的女孩子，他喜欢冲浪，他是在南美旅行的时候接到以色列国防部通知而回国上战场的，家人讲完话，他的指挥官讲述他牺牲的过程，一颗流弹，他是勇敢的士兵，指挥官讲完话，拉比吟唱着祈祷文，士兵们站成一排，对天鸣枪，他下葬时，一个中年女人弹着吉他，唱着：

守护这世界，孩子
你不该看到的，
守护这世界，孩子
如果将来你看到了，孩子
你将不再，
是这个世界的英雄
你的笑容像天使，
守护这个世界，孩子

因为我们已经无法继续

守护这世界，孩子

无需思考太多

因你知道得越多，孩子

你将会理解得越少，

有些时候，

所有的门都会关上，

爱全部停息，

只有你会继续思虑

守护这世界，孩子

我看着那蓝白相间的以色列国旗裹着的棺木缓缓落入墓穴，眼泪莫名其妙地流，开战以来，我查看很多中英文的资料，试图判断谁对谁错，试图让自己在这场战争中站定一个位置，那时候，我想，我站在以色列这边，为着那棺木里的青年，为着那个我在珠峰大本营遇到的超过一米九的大眼犹太男人。

葬礼结束以后，我们走路回家，本爸爸搂搂我的肩膀，说，很快就会结束的。这是开战以后他第一次没开玩笑，本妈妈一直沉默着。

从那天到14日停火的那段日子里，我几乎天天失眠，虽然真正意义上的停火是在9月8日，但是本已经在8月16日回了家。

"我感觉自己像在电影里，我的意思是说，我是一个外乡人，刚来以色列几天，我的眼前，正上演着一场战争，真正的战争，刀光剑影，飞机大炮还有机关枪，听得见声音，闻得到硝烟，炸飞的物件，坍塌的楼宇，鲜血和哭泣，轰炸后浓密的黑烟，奔跑并尖叫的人群，这样的真实是跟我有关的，因为那个在当时来说和我最亲的男人，在这些画面里，他可能在杀人，他也可能被人杀，可是我又不完全是在电影里，这些战争是那样遥不可及，难以想象，谁杀了谁是应该的？我试图问，试图寻找答案，试图辨别每一方新闻里所在传递的信息，可是这样的真实又是和我无关的，我感觉我是在电影和观众之间，我比任何的观众都离这场'战争的电影'更近，但是我不在电影里。"我忽然觉得无望，为着这些年不在电影里，也不在观众里的尴尬。眼前这个从出生就在这场电影里的男人，他未必能懂。

"蓝，你在中国工作的时候，我是说你做媒体工作的时候，你一定是最优秀的。"他忽然风马牛不及地说。"你有优秀的语言描述的本领。"他加上一句。

"哦。我还行。"这是一种标准的中国式谦虚的回答。杂志对我工作成绩的肯定，没有超过主编的那个小情人，这样的事情，我提也不想提。

四

　　"给我讲讲本的父母。"丹忽然说。

　　本从来没有真正意义上的跟我提到过他的父母，我回望那些我们在中国的时光，我们最初在以色列的时光，我和本，仿佛还是在路上遇见并一同旅行的两个人，脑子里还停留着刚走过来的风景，下一条路通向何处？一无所知！这就是在路上遇见的绝妙之处，你好，你也往北吗？那好，我们刚好可以同路！这一路走下来，大家都忙着欣赏风景没有去探究身边的这个人，也许明天就会选择不同的方向，立即分道扬镳。况且本是个寡言的人，我则在不到万不得已的时候拒绝说话。

　　本对我提到他父母的时候，是以这样一种自我比较而出现的，他说，你会发现，我的父母，是比我更好的人。他没有把自己定义为坏人，可是他希望他能再好一点，至少像他父母一样。我那样断定。

　　但是，我甚至还没有到以色列，就被问到了本的父亲。

在北京机场，以色列航空公司的帅安检，像现在的丹一样，看着我：以色列这样一个国家，可以用安全为理由，扼杀任何的私密，其他的东西，隐私，疼处，旧伤口，爱过的错过的人，都要为着这个安全服务。上至国家总理下至八十岁的老妇，他们第一位关注的，就是安全。帅安检说："你男朋友，本，他的父亲，开什么牌子的车，什么颜色？"

我想我已经微微地出汗了，等候安检的两个多小时，在空气并不流通的出境大厅里，一切都像一场梦，因为那架以色列航空公司的飞机将在几个小时之后带上我，出逃现有的生活，是如梦一样的感觉，我的脑子用来思维的那部分，像是忽然被关闭在黑暗中一样，更不要提那个见也没有见过的本爸爸和他开的车。

本从来也没有和我仔细谈过他的父母。"他们是比我更好的人，你会知道的。"这是他的总结性的语言。更谈不上他开什么车，什么颜色。

在辞职旅行的那一年多里，总有一个模糊不清的梦，漫长遥远的旅程，疲惫不堪的我，到达了一个长长的海岸线，身旁是有人的，可是那个人面貌模糊，无法对望，无法言语。我那时候总是像自己企望的那样，认为这个梦预示着自己将会在某一个陌生的旅途中忽然毙命，死得其所。每一次从梦中醒过来，在陌生的地方的陌生的床上，我都没有感到难过。

我看着以航的帅安检，忽然意识到，我是真的出逃了，我的手里，捏着机票，去的地方，是我做梦也没有想到过的，甚至比我做梦想出逃还遥远的地方。在2006年中国的网络上，能查到以色列的，不过是"中东战争""巴勒斯坦难民""人肉炸弹"，那地方听上去战火纷飞，危险而可怕，完全不是上帝许诺的"淌着奶和蜜的土地"。而现在，那个地方，有个本爸爸，他有辆车，他的车的颜色，我还不知道，也有个本妈妈，她会熬什么样的汤，我很快就能尝到。那些马上就要启程的成功出逃后的生活画卷立即就能展开，一切都像梦一样，而我只要正确回答了问题，我就能登上航站楼外停着的那架飞机。

"女士，你还好吗？"帅安检看着我因为出逃成功在即而微微泛红的脸问。我醒过来，开始在手机上翻找本的电话号码，然后递给他，说："你去打电话问本吧，我并没有见过他，不知道他开什么车。"

因为签证的问题，我在本飞回以色列以后三周才启程，飞机降落在午夜两点的特拉维夫，等行李的时候，第一次看到戴着黑色沿帽，穿黑色大衣的正统犹太人，空气里有海的味道，行李转动带在空转，我对以色列一无所知，忽然就像一本我从来没有见过的希伯来文书在我面前打开，字体密集，试图传递很多内容，可是我一个字也读不懂，甚至不知道，希伯来语是从右写到左的。原来真的是一无所知，除了淡淡的刺激，还有些虚弱，连本，三周的时间，记忆也把他淡化模糊了，我没有把握能把他一下从其他那些大鼻子里辨认出来。

我的行李几乎是最后一个到达，出口大厅已经没有什么人了，一出闸口就见到了本，三周的奶酪面包，他就已经不是在中国时候的清瘦模样了，这只增加了他的陌生。他的大手里紧紧地握着一束白色的花，他握花的姿势，让你知道他不经常给人送花。

我们拥抱，他蜻蜓点水地在我的左腮轻吻，我对他微笑，有些羞涩，再仔细去看他，三个周，这淌着蜜和奶的土地，怎么就把那个俊朗的大眼招风耳的清瘦青年变成了一个强壮性感的犹太男人。我的羞涩增加了些，怕自己经过十多个小时无眠的蓬头垢面配不上他似的。

这时候本爸爸忽然出现了，他留着奇怪的基布兹的人才会有的胡子，指甲里甚至还有泥土的痕迹，他张开双臂，给我一个大大的熊抱，左右两腮响亮的亲吻，他微微发福的肚子热乎乎的。"欢迎，欢迎。"他操着刚学会的中文。我看到本在身后咧开大嘴笑，他这么一笑，又变回了孩子。

我从来没有被一个像父亲一样的男人，这样拥抱和轻吻，我发现我对以色列的无知甚至更多一些：本从来也没有给我描述过这些见面亲吻面颊的礼节。本爸爸，眼前这个欧洲犹太难民的儿子，有银白的头发，脸上泛着健康红光，牙齿洁白整洁，大声说话，笑逐颜开，对着眼前这个皮肤和头发的颜色完全不同，从来没有见过的异国女子，张开长长的双臂。

我那么轻易就爱上了这个银发的犹太爸爸，从出生那一天缺失的东西，以为会缺失到生命结束的那一天，可是因为这一出逃，居然触手可得。

我很快发现，本爸爸开深蓝色的皮卡车。

丹望着我，眼睛里没有信号，双手没有在电脑上敲打，是等待的意思。我又笑，对自己，像在回答机场帅安检的问题，"他开着蓝色的皮卡车，是基布兹果园的经理，带着几个泰国工人照料和经营上千亩果园。"

　　本爸爸是在耶路撒冷长大的孩子，后来在基布兹做童子军的时候认识了本妈妈，这样，他做了一个基布兹的农民。他每天早上开着蓝色的皮卡车，早上六点多出门，载上他的泰国工人，去到基布兹的土地上。地中海沿岸的那片土地上种着绿油油的鳄梨，还有一小片香蕉，荔枝。午后两点多的时候，他会饥肠辘辘地回家，像饿虎一样就着面包吞噬各种奶酪还有颜色艳丽的蔬菜。近黄昏的时候，他会再去到他心爱的土地上，查看滴灌系统，收集鳄梨树下各种高科技实验数据。

　　很多黄昏，他会捎上我，我坐在他乱糟糟的皮卡车副驾座上，听他用从他早逝的南非来的犹太母亲那里学来的英语，不是特别流畅地跟我讲以色列。他讲那么多以色列，讲得津津有味，滔滔不绝，他总是那样充满激情，绘声绘色地讲述，好像希望通过我让全中国人都知道，除了战争和自杀炸弹，以色列有多美，犹太人其实有正常的生活，爱恨情仇，我甚至有时候会产生错觉，明天他就会把我送到犹太拉比那里，告诉他们，我已经对以色列的历史和现状以及很多神圣的地方了如指掌，然后让拉比直接把我变成犹太人。

　　本爸爸是个帅呆了、酷毙了的农夫。如果丹是我的朋友，我还会加上这样一句。

五

　　"你的男朋友，他叫本，对吗？"丹看着我，他的眼神，是在说，我早就告诉过你哈，这个测试，会涉及到各种问题。

　　"是。"我简洁地说。

　　"你们为什么分手？"

　　我和本，我们为什么分手？但愿上帝能给我答案——在过去的日子里，将来的日子里。我爱过他吗？或者只是吸引？一个高大强壮的犹太男人强壮坚硬的身体，满是毛发的皮肤，深邃的羚羊般的大眼，或者咧嘴就占据一半的脸的笑容，他像士兵一样大步行走时的姿态，在他的摩托车上飞驰时的身影……

　　我从来没有想过离开他，我没有想过分手，从幼年时候起，就是这样，被收留了，就留下来，世界那么大，我只是不知道去哪里。

　　本从黎巴嫩前线回来一个多月后，忽然就中止了战争前的高考复习，以色列的高考，是非常人性化的，每年有四次。我们都以为他只是需要歇一歇，然后会继续，可是，在某一天晚上，他忽然宣布，他要离开他父母的基布兹，搬到T镇，因为那里有个工厂同意给他一份工作。

本妈妈望向我，说，蓝呢？

我因为人生里各种不安定感，早就习惯了生活中忽然出现的各种"袭击"，说，我已经开始在耶路撒冷找工作了——就好像，本宣布这个消息以前，我们是仔细商讨过一样，可实际上，他一个字也没有跟我提过。

本爸爸快速瞄我一眼，说："蓝，把那'口特极'递给我一下。"那是一盒只有以色列才产的颗粒状的咸味奶酪。我拿起那盒几分钟前从冰箱里取出来的外壳还是凉凉的奶酪，一阵鼻酸，却没有掉下眼泪。

我很快在耶路撒冷的一个和中国做生意的进出口公司找到一份工作，我们搬到T镇，本立即开始在T镇一个塑料工厂里上班。

T镇到耶路撒冷的火车在高峰期每二十分钟一趟，那是我第一次坐以色列的火车，我在T镇八点过五分开往耶路撒冷的火车上，恍若隔世。我站在自己后来总站的第三节车厢的过道里，楼梯上下入口，散坐着的都是以色列大兵，人人肩上都斜挎着枪，虽然枪匣里并没上子弹，手还是习惯性地放在扳机上，拥挤在周围的，还有他们特有的军绿色大包。他们大多沉默寡言，面无表情，不过是刚刚高中毕业二十岁左右的孩子，深陷的眼睛里，有犹太人几千年的沧桑。

我有时候，会看见本，坐在这些眼神清澈安定的军人中间，是少年的容颜，却是男人的躯体，他背着大包，横挎着枪，胡须已经很浓密，深陷的睫毛浓黑的大眼里，是我读不懂的表情。我有时，会有轻微的晕眩，脑子里忽然一片黑暗，什么信息都没有，不知道自己身在何处，那个曾经在火车上的犹太男孩，想到过有一天，他会遇到我吗？我算过，他服役的时候，我日日在北京城里和人挤地铁，等他服役满三年，立即背包开始满世界走，我还是日日在北京城里挤地铁，直到后来我们在珠峰大本营遇见彼此。

我从来没有想过离开他，他从黎巴嫩前线回来，忽然决定不再准备高考读大学而是去了T镇的工厂上班，本爸爸没有试图强迫他，本妈妈还是耐心细致地熬着各种犹太节日里的汤，只有八十多岁从集中营存活下来的外祖母唠叨过几次，并且在他生日或者过节的时候开张支票给他，他还是默无声息地拒绝了去准备高考。

本爸爸的父亲，本的爷爷，在以色列独立战争时候失去了一条腿，后来一直在耶路撒冷的一个药房里工作，本的奶奶，那个从南美迁回的犹太女人，在独立战争以后不多久患癌症去世，去世前生下唯一的儿子。本出生后，本的爷爷开始每个月从工资里挪出一笔钱来，给他唯一的孙子存上，是为教育基金。本爸爸在本当完兵背包出发满世界旅游的时候，跟他说，这样一笔钱，一直等着你，就是你要到美国去读几年书，也是可以的。

我从来没有想过和本分手，我爱本妈妈各种热汤和冒着黄油味道的糕点，最好的是她的奶酪蛋糕，我喜欢本爸爸的乱糟糟的皮卡车，和他奇怪胡子下的嘴里讲出的以色列还有以色列人，我有时候在收获的季节去田野里帮忙一两次，大汗淋漓，偶尔我会推着本的外祖母，去海边散步，我们靠手势交流，我爱她古稀的容貌，以及从集中营里存活下来后每一天感恩戴德地活着的态度，她安静地坐在她的摇椅里，看书或者看电视，更多时候是打盹。

我和本，我们从来没有说过爱。这是多么奇怪的一种感情啊，可是我是那么依恋他坚硬挺拔的士兵的躯体，他不言不语时候懒洋洋地靠在沙发上看电视的漠然，他吃饭时候狼吞虎咽的生命力，好像这一切都和我有很多关联似的。

我从来也没有想过离开本，是本有一天说，你为什么不回去你的中国？

那是一个周日的早上，我和他面对面坐在餐桌旁，各自的盘子里，是按照他说的七分钟原理煮熟的鸡蛋。他伸开长而粗的五指，手掌一压，鸡蛋壳立即完全龟裂，他用茶勺掏一个洞，将蛋黄和蛋白拨到盘子里。我将鸡蛋的头在桌面上轻轻一敲，再将蛋体在桌面上磕碰好几次，快速地剥离了整个蛋壳，再一丝一丝地启开那层薄薄的白色蛋衣。

整个早餐，持续的时间大概和煮那两颗鸡蛋的时间是一样的，我很想说点什么，我有时候，不习惯空气里的安静，而在他起床的半个小时之内，是一天里耐心的低谷。

他一如往常地添加了一次橙汁，吞咽迅猛，粗大的喉结在壮实的脖子上滑动。他是个如此好看的男人，我想。站起来收拾碗筷，听见他说，"我今天夜班，到两点。""嗯。"我转身将盘子放在水槽里，进去卧室拿衣服。

我站在衣柜的镜子前，看到那个陌生的自己，在一个陌生的国家，周围是陌生的一切。他在外间说，我走了。未及回答，只听见他戴头盔的声音，拿钥匙的声音，开门关门的声音，下楼梯的声音。整个世界忽然陷入静默。一分钟后楼下响起他摩托车的声音。世界陷入更深的静默。

那是一个平常的周日，你知道，犹太人从出生就把自己搞得那么不同，他们是唯一的上帝的选民，连每个星期的工作日都是从周日开始的，而周末的休息日却是周五和周六，所以周日火车站人总是多些。可是那个周日，T镇的火车站空前地聚集着人，绝大部分是士兵，他们肩上腰上挂着各种枪，满地胀鼓鼓的军用绿色大包，平时人不多的站台几乎没有落脚的地方。我躲闪着在人群里穿梭，显得格外奇怪，周围飘着各种焦灼的眼光，有些眼神对我是忽略的，有些眼神是在说话的，这个外乡人，她在这里干什么？添什么乱？那么多人，仿佛中国的春节，可是春节怎么会有这么多的士兵？红色火车进站的时候，人群汹涌而上，士兵们一手提枪，一手抓包，身手敏捷，喇叭里的希伯来语在急切地说着什么，除了火车两个字，其他的一个字也没有听懂！我逆流往后退，怎么回事？我就只睡了一觉，这个国家的某个边境就发生了什么吗？难道本又要离开吗？

有两个包已经进去的士兵吊在火车门柄上，车门无法关上，乘务员走过来，把他俩往里使劲塞，门终于"咔嗒"一声锁上了。还有无数的人被留在了站台，而每个站台的入口都还在陆陆续续地增加人，士兵在骂骂咧咧地说着什么，广播里还是我听不懂的希伯来语。我给本打电话，控制着颤抖的声音，说："是不是发生什么了？是不是发生什么了？"

"发生什么了？"他说，声音冷静而遥远。火车站挤满了人，比平时多出好多倍，很多士兵，还有枪，军用绿色大包。我用着中文，不愿意周围的人听到我的恐惧。

那边有一阵沉默，他像睡过去了一样。

"本，是不是发生什么了？"

"沈蓝。"本叫我的全名，"你在这个国家，总是生活在恐惧中，你为什么不回去你的中国？"

下一班火车很快就来了，在火车上，我才知道，从南边到耶路撒冷的某一列火车和汽车在轨道和公路的交叉口相撞，这就是为什么前面的无数火车都没有按时到达的原因，而当天是周日，正是所有士兵们从家里回到营地的时间，他们都被耽搁了下来。

火车像往常一样穿过三月底的以色列田野，我不知道你见过耶路撒冷郊外的春天没有？春天从来没有这样纯粹过：野花像疯了一样的开，像疯了一样，在任何一个田野角落，先是黄色，然后是白色紫色红色，天那么蓝，带着地中海气息的空气湿润清冽，正是一年最好的时节，不热不冷，阳光明丽，你很可能没有呼吸过这片圣土上三月的空气，也没有感觉过地中海吹来的春风，可是，你只要知道，在三月，万物生长，阳光灿烂，最不该有的情绪，便是忧伤。

我前面隔着一排的士兵在打盹，居然能从火车的玻璃窗上看到他睫毛的阴影，坐在我对面的士兵的枪托抵在我的膝盖上，我没有第一次被真枪触碰到的触电般的感觉，那枪托不出所料地被众多士兵的手摸过，已经落漆斑驳。我耳朵上挂着耳麦，什么都没有听进去，满耳都是本的那句话，你为什么不回去你的中国？

有吗？我有总是生活在恐惧中吗？我其实多么喜欢这个国

家，走在街上，到处都是士兵，挎着枪，感觉很安全；而街上的其他人，绝大部分都是当过兵的，他们不会像中国人那样麻木，那样见死不救；我有次在公园里做瑜伽，静躺在地上，有个跑步的男子居然跑过来查看我，以为我出了什么状况；街上没有小偷，人们用日本语，韩语或者中文和我打招呼；因为我的母语，我能比别人更轻易地找到一份还不错的工作，不用去工厂上班，我的老板从来不在周末给我电话，没有加班，没有应酬，没有各种光怪陆离的关系和人际交往；我每天在火车上，安静地观察别人，别人也安静地观察我；本妈妈不时地会给我电话，偶尔本妈妈和本爸爸会从基布兹来看我们，载着满车的食物，冰箱塞也塞不下，还有基布兹土地上生产出来的各种时鲜；他们出国时候给我带礼物，犹太新年时也会给我惊喜礼物，甚至在中国新年时候还给我派发红包。我其实，在这个国家，特别有安全感，觉得自己像一个受到爱护的孩子，特别真实地存在着。

只要本对我好一点，跟我讲讲他心里想着的事情，把他那石头一样的坚硬沉默稍微软化一点点，哪怕一点点都好。本总是说，没什么好说的，蓝，我能跟你说什么呢？他总是选择上夜班，好像总是避着我，仿佛我做错了什么事情，我从来不能抓住他，对话是奢侈。

你？为什么？不回去？你的中国？

我不是犹太人，我是那些出生即被抛弃了的很多孤儿中的一个，我不像你们犹太人，你们流散了很多年，在流散的这些年里，你们什么苦都吃过，世世代代都兢兢业业，小心翼翼，把自己搞得很富有，很优秀，搞得全世界都对你们又爱又怕，又嫉又恨，最后你们在众多的敌人包围中建立了自己的国家，还要经历无数次的战争和恐怖袭击，一代一代的犹太男女都需要服兵役，以及后备役，来捍卫这多年流散以及二战大屠杀以后建立的以色列国，所以，本，你有自己的国家，而我，权当是没有自己的国家吧？或者，我完全没有像你那样的民族归属感。

火车从T镇到耶路撒冷26分钟，这26分钟，火车大部分时间是在开满鲜花的田野外开过，我没有想明白为什么我不回去我的中国，可是我忽然明白，为什么我们的账户，是分开的，房租伙食开销用度全是AA，他从来没有要求我打扫采购准备食物，可是也从来没有试过打下手，所以，房子里的大部分事情，卫生，采购食物，准备食物都是我。那个在北京我的公寓小住，会挪开所有的家具包括冰箱把房间打扫得一尘不染的犹太青年仿佛只是个梦幻。

我们每个月回去本爸爸和本妈妈那里，他惯常的安静，应该说是沉默，安静是自然状态下的，沉默是抗拒式的，是最无声的一种武器，他本来不是话多的人，可是现在，他沉默得像块冰冻了的石头，拒绝任何温度，即使在每个月从T镇回去他父母的火车上，他也是闭着眼睛睡觉，或者沉默——他有正常的理由总是在我面前睡觉，他这样坚决的不合作那么久，原来是要让我回去我的中国，我怎么从来也没有仔细想过，我只是一厢情愿地认为，那一个多月的黎巴嫩战争太吵闹了，所以，他需要沉默，长久的沉默。

他有时候会在半夜醒过来，紧紧地抱着我，我总是在他重新沉沉入睡以后无法动弹，悲从中来，可是到早上，他要不忘记了他那些紧紧的拥抱，要不沉着脸说，蓝，昨天晚上，对不起。

我应该在耶路撒冷南边的第一个火车站下车，可是我无法站起来，忧伤像猛烈的海浪让人喘不过气，我的眼泪在墨镜下渗出来，再被咽回去，穿过肺，心脏，被压入肚腹，再像浪头一样返回来，如此反复，让人不能动弹，仿佛一动弹我的世界便会垮塌。

火车一路开下去，我像是一个被魔咒点住了的人一样无法动弹，我发现自己在去往特拉维夫的路上，然后经过特拉维夫市区的四个站，一路往北开去，经过卡梅尔山脉，可以遥望到本爸爸和本妈妈住的基布兹，顺着湛蓝的地中海沿岸，开进北边的港口城市海法，巴哈伊花园从山脚到山顶一路铺开去，庄严和谐，海法有四个火车站，下去的人多，上来的人少，等开到海法再往北的阿克古城，火车上几乎就只剩下稀落的士兵和我了，那趟火车最后停靠在以色列和黎巴嫩的边境"NAHAREYA"。

我在那个边境小镇下了车，去到边境有着凄美爱情故事的景点，小缆车只用了两分钟就把我送到了海边的雪白的岩石旁，湛蓝的海水，冲洗着洞穴，英国托管时期留下的通到黎巴嫩首府的岩下的火车隧道里定时地播放着当时的历史的影片，银幕上晃动着黑白的人影，讲述近百年前我坐的地方的历史，别人的历史！岩洞的顶部不时渗出水滴，洞内阴冷潮湿，那天是周日，同时坐在粗木凳上和我看影片的是两个裹着头巾的肥胖的中年妇女，不知道是犹太女人还是阿拉伯女人。

我在雪白的岩石旁坐了一个多小时，地中海深蓝得不可理喻，我没有勇气跳进去，我总觉得有些什么错误，或者误解，在我和本之间，我必须要弄清楚。最后走到边境小站，看到军用的篱笆内士兵荷枪实弹地在站岗，中间是联合国的岗哨，再望过去，还可以看到黎巴嫩那边的岗哨。以色列境内的岗哨外面的墙上画着两个不同方向的箭头，一个指向贝鲁特138公里，另外一个指向耶路撒冷172公里。士兵见我徘徊，冷眼盯着我。他一定在说，你是个外乡人，独自在这里干什么？

不管是黎巴嫩，还是耶路撒冷，这片土地，上演着犹太人和阿拉伯人的爱恨情仇，我一个外乡人，究竟在这里干什么？

我们为什么分手？也许是因为，他从来也没有真正地牵过我的手，他只是沉默着，像可怕的冻结了的石头一样的坚硬冷漠的沉默。

"我刚来以色列，非常不适应，我很长时间无法开口说希伯来语，还有文化和习惯，包括食物，我有很多不适应的地方，而我和本，我们没有意识到这一点，在中国，我做自己的主，能照顾自己，在以色列不行。"

"你是说，他没有照顾好你吗？那么是你提出来要分手的吗？"丹说，他在敲下什么东西。

"你们以色列女人，不是和男人一样的强悍而不需要照顾吗？"我说，声东击西，嘴角带着笑，是真诚的样子。

六

"中国女人，和以色列女人有什么不一样吗？"他问，我不太确定这是一个关于这个检测的正式问题，还是丹只是好奇。

所以，我有几秒钟，不知道如何开口。

他的眼光离开电脑，看着我，温和地说："蓝，我觉得你有点紧张，这会影响你的考试，我们可以随便聊聊，你知道，就是像朋友一样聊聊，因为我对你要有一个认识，然后我才能拟定考试的问题。我能想象，这对你不容易，对我也不容易，因为，你看，如果你是以色列人，就非常简单，问题都是程序设定好了的，他们会先回答几页纸的问题，然后基于这些问题，我们可能会对话半个小时，接着会在电脑上做两个小时的智力测试题，最后，再用不到15分钟，做这个测试，就这么简单。"

"有吗？"我有紧张吗？我挤出笑，耸耸肩和脖子。我怎么能逃过一个专业的测谎专家的观察呢，我这样的动作，是紧张极了的表现。

"你知道吗？紧张会让人误判，所以，让我们先随便聊聊，这个聊的过程，我就会根据你的答案，完成那几页的问卷，然后，我会跟你解释，这个测试是根据什么来工作的，需要你做什么。你知道吗？你们中国人，很聪明，类似的测谎，在几千年前就有了，那时候中国人认为，人一撒谎，就会分泌唾液，所以，中国古代的时候，会把一颗米放在人的舌头上，然后开始问敏感问题，等问题问完了，米如果是干的，那么就被裁定为没有撒谎。如果米是湿的，则相反。那现代的测谎考证的基础是，人一撒谎，会出汗，心跳会加快，所以，其实是类似的方法。"

"你们犹太人，才是最聪明的，在中国，大家一听说你是犹太人，就会有两个反映：一，你很聪明，二，你会有钱。"

丹忽然扬起脖子大笑，我能看见到他眼角的深深的笑纹，以及额头的抬头纹，这没有让他变老，他一停止笑，还是中年男人沉稳的样子。

"你是说真的？"他看我等他笑完，并没有开玩笑的样子。

"是的，你知道。中国书店里充斥着各种书籍，试图教会人们怎么像犹太人那样成为精明的商人。"我带着若有所思的笑。

"真有意思，看来我应该去中国，你知道，整个世界都讨厌甚至憎恨我们，各种媒体都很排犹，对犹太人的袭击不仅仅发生在以色列境内，你一定听说过？"

我记得本跟我讲他的两年满世界旅行，他说他让自己的行为比在以色列要好很多，为什么？他想用他的微薄之力让世人对以色列有更正面的了解。

"我知道一些发生在以色列境外的针对犹太人的细节，比如1972年的黑色慕尼黑奥运会对犹太人的袭击，以及1976年法航被劫持的恐怖事件。"我说，"不过，我自己并没有认为以色列犹太人那么像'魔鬼'，我觉得他们属正常人。"

"我没想到中国人会这样认识犹太人，这真是一个有趣的现象。"他脸上还带着笑。

"那你在以色列已经生活三年了，你是怎么认为的？"

我说："我们，中国人和犹太人，有些共同点。"

"比如？"我能看出来，他是真感兴趣。

"比如大家都很努力，不算笨，都很喜欢钱。"谁不喜欢钱呢？他的眼睛仿佛在问。"父母对孩子都是恨铁不成钢的态度，但同时对孩子的扶持也很大。我们中国人用的阴历日历，甚至和犹太人相似，是依据月亮来的。"

"哦，真的吗？你们也有自己的日历？老实说，这还真的是我第一次听说。那么不同呢？"他忽然像个小学生，很认真的，仔细地看着我，想继续听下去。

"不同的是，你们是犹太人，我们不是。"

"怎么讲？"

"你们有《圣经》！"

"所以？"

"所以，你们有十诫，有信仰，上帝存在，有约束，我们没有。"

"自由不是也很好吗？"

"我们中国的老话说'过犹不及'，就是这个道理了，完全的自由其实是没有自由的。"我不知道为什么忽然觉得自己在卖弄。

七

"你提到中国女人和犹太女人不一样，我很想听听。"他把
自己坐得很舒服，没有准备在电脑上敲字。

以前，我一直想问本，为什么他会喜欢中国女人，而不是以
色列女人，我也知道他在当兵时候有过女朋友。可是直到我搬出
我们在T镇的公寓，也没有将这个问题问出去。

我没有将这个问题问出去，因为我仿佛无法和他交谈，更不
要说这个他并没有答案的问题，他从来没有对我正式表白过，就
是他在北京时候说的那句话，蓝，跟我去以色列吧！我就来了，
义无反顾的。

所以，如果问出去，被问的人也许会反问过来：谁告诉你我
喜欢中国女人？我大概知道，你给犹太人提出一个问题，通常不
会有答案，而是会收到一个反问的问题，我很难有把握这种情况
不会发生，所以这个问题成了一个未解之悬案。

我大学的时候恋爱过一次，那是南方江边小城来的一个俊秀

聪明的男孩。

我们分手的原因，是因为他喜欢上了另外一个南方的女孩，我记得他说，她说话那么温柔。

那女孩我们见过，她说话真的温柔，温柔里含着暗示，整个世界都应该被她那娇柔里粘着甜的声音融化。十几年前的中国，那时候的女孩子能温柔地说话，或者撒娇，能让男人加强对自己的肯定。我从小没有被宠爱过，没有这样的本领，也从来不知道撒娇是一种武器。当他宣布因为另外一个女孩子说话娇声嫩气而跟我分手时，我知道我赢不了她。

那是我人生的第一场恋爱。第一次恋爱的人，总是很贪心，投入地活在当下，眼前一团紫光，爱得双眼蒙眬，却又贪婪地想永生都活在当下：我心里规划过和他生孩子，想象有自己的骨血，我们是孩子的亲生父母的感觉，甚至规划过房子的方向，默想过我要种的丁香或者茉莉在初夏黄昏盛开的味道。那些想象如此美好，以至于我们分手后很多年，我都欲罢不能。

分手后的几年，我的感情生活一片空白，我害怕男人会再次跟我说，你果然手长脚大的，健步如飞；你居然会自己换灯泡，很厉害；厕所堵了，他们会表情复杂地传递对我自己把它通了的惊讶；他们甚至会取笑我的养父给我取的小名：顺收，顺利地丰收，真是够乡土呀。我走在街上，或者坐在公司的会议室里，总觉得自己像被放在了错误的地方，手长脚大，笨手笨脚；如果男人不高于我十厘米，我就觉得自己像一只母猩猩，粗笨无比。

后来，我有些长长短短的感情或者暧昧，中国男人在我身边走走停停，其实都在挑挑选选左顾右盼，我有时候装作不知道，我有时候其实也无法在乎。

我和本从珠峰下来，一路旅行回到北京的时候，他没有对我自己背着几十公斤的包感到惊讶，也没有试图来帮我减轻重量，我的大脚和长手，在他那里更是毫无突兀之处，他甚至会说，你可以像个士兵一样走路，这很好；或者他看我很沉默很认真地吃饭，说，你吃东西很努力；他会饶有兴趣地听我说一些人和事，最后说，很有意思，你很有意思。我会惊讶于他的总结性评判，我有时候会产生错觉，或者怀疑，以为他会像那些只对我的身体感兴趣的男人们一样，为了得到目的而说出违心的赞美。

以色列男人不会对女人大包小包地提东西，穿超过8码的鞋，做一些只有男性才会做的领域的工作，比如擦洗高楼外立面这样的"空中飞人"这样的事情感到惊讶。

以色列犹太女人，都是当过兵的，在强烈炙热的地中海阳光下，背着枪和沉重的装备在土地上爬行，或者在南部内盖夫沙漠干冷寂静的深夜，负重超过四十公斤整夜行军，她们的眼神是被地中海阳光灼伤了的，涵着强光和冷峻，不会水汪汪地含情脉脉地委屈，她们昂首挺胸，说话简洁明确，低声娇气地说话，只会被同伴耻笑；她们步履坚定，不会左顾右盼，在直播的真人秀的电视节目里，你会听到少女观众对看台上的俊美男子忽然叫："跟我生个孩子吧！"她们没有蒙眬与犹豫，不会委屈地等待，生活与爱情，都有自己的主见，爱或不爱没有藏着掖着，她们做自己的主。

"我比较喜欢以色列人对女人的定位。"我对丹说。

"定位？"他在玩味这个词。

"男女是平等的。"我甚至觉得以色列其实是女权主义国家，"当然除了阿拉伯女性和传统的犹太女人的地位。"

"是吗？"他想起什么似的笑。

"是。男人对女人的定位，更多的不是在外表或者她们如何展示她们自己，而是这个女人的头脑，这个女人是作为一个个体，她不是为了取悦男人或者为了辅助男人而存在的，女性是作为一个独立的个体而存在的。"

"你是说以色列男人不好色吗？"他用一副不相信的表情半开玩笑地问。

"哈哈，我们都是好色的动物，女人也是，但是，相对而论，以色列男人对女人的评判在大众品味上来说，脑子比外表更重要。女人是独立的个体，不附属于男性。"

他的表情认真起来，在鼓励我继续说下去。

"我在以色列，觉得很自由，是作为女性个体的自由，整个社会对女人的价值定位，总体上来说，比我曾经生活的中国要让人舒服得多。我的意思是说，在以色列，男性社会对女性的外貌没有统一的评判标准，他们对外形是一种开放式的审美，眼睛大眼睛小，嘴大嘴小，皮肤黑皮肤白，她只要是她自己，都可以因此而分外美丽，外形是内在智慧的载体。外形不是不重要，但是不会遮盖内在智慧。"我不知道我是不是应该告诉他，大部分中国男人只喜欢皮肤白皙、双手没有生活痕迹的女性，或者说话无比温柔好似总在撒娇的女性。

"你是说，你在中国觉得不自由吗？"他看着我，是可惜的表情。

"我更喜欢在以色列的自己。我在这里，没有被条款化，我生下来就带着的东西，没有被放在一个固定的条款化的框里被界定，我与生俱来的东西被自然接受。"我没有计划进一步讲下去，告诉他，在以色列，这个人文的和物理的环境重新反射了一个我，这个我是最真实的自己，我觉得自己活过来了。

"我以前没有接触过中国人，不过我认为你是一个很有意思的人，你也长得很漂亮。"他的最后一句话，有点不符合他今天的工作身份。不过他说得那么简单直接，并没有暗藏玄机的造作。

"谢谢！"我像以色列人一样笑着接受了。

八

"你和本，是去年分手的，对吗？"他又开始记录。

"是。"

"请你讲讲你们分手后的生活。"他又变成了那个讨人厌的测谎专家。

我最终知道除了分开别无退路的时候，离本问我为什么不回去我的中国差不多一年。

那是一个惯常的周末，是我们回去探望本爸爸本妈妈的日子，在邀请本和我出去散步失败以后，我一个人出去海边黄昏慢走。

那是三月的地中海，沙滩上已经有少量的急着把自己晒黑的以色列人，我顺着海边荆棘丛中的小路一直往北：越是像地中海海边这样有强烈海风的地方，越是荆棘生长的乐园。我在路上碰到和狗跑步的人，他们的狗会过来嗅嗅我，算是打个招呼，跑步的人也会说"SHALOM"（你好）；有时候是喷着噪音的骑四轮摩托车的狂躁少年，经过我身旁的时候还会大叫一声；海边总有钓鱼的人，站在海浪的礁石堆里，好似雕像；海岸巡警会停下车，问，你还好吗？一切都很好，我说，SHALOM。

地中海一直在我的左边吟唱，我一直走，像我旅行时候总出现的那个诡异的梦一样，只是身边没有那个模糊的身影，走到最后，居然能看见以色列海法理工大学那立在卡梅尔山上的教学大楼的身影。如果不是顾虑到午睡过后的本妈妈和本爸爸会担心，我觉得自己可以沿着地中海一直走下去，为什么要那么拼命地走，我自己其实也未必知道。

回到基布兹已经差不多是晚饭时间，从院落里经过本爸爸的书房窗外的时候，我忽然听到他大声地用希伯来语说："你为什么不和蓝一起出门旅行。你这样究竟算怎么回事？"静默，本的微卷的头顶在窗户的角落一动不动。

总是这样，在不该听到的时候听到，甚至是自己根本不熟悉的语言，在这种时候，却可以一字一句地被印进脑海：你千里迢迢跟来的人，早已经不是那个当初和你在中国从西藏一路南下的犹太大胡子青年，他不能把你的行李提起来，扔到街上去，告诉你，你应该回你自己的国家，他只想躲着你，以旅行的方式。

这两年多里，本一直努力地工作，太努力了，几乎没有什么时间是留给我的，他一旦存上钱，便出门旅行，第一次是去新西兰和澳大利亚，近一个月。第二次去了东欧的格鲁吉亚，独自一人，背包走遍了这个东欧国家，用了他一个半月时间。两次回来的时候，都是我在中国见到的那个大胡子男人的样子。我总在开门的一瞬间，心里升起无限爱恋和忧伤，这要是在他去黎巴嫩战争以前就好了，我们可以重新开始，互相交心，好好相爱。

他第一次制定出门旅行计划时，并没有和我商量，更别谈邀请我同行了。第一次出门前三天的晚餐，我们在餐桌上，他忽然停止咀嚼，说，我大后天出门旅行。

有一瞬间，我不知道他在说什么，我的脑子有一瞬间是黑暗的，空白的，没有思维，他的余音在静默的空气中回绕一遍，忽然明确无误地击中了我。

我怒火中烧，压制自己没有拍着筷子跳起来。

我没有愤怒地跳起来，可是再也无法咽下任何一口饭菜。他若无其事地吃着饭，未及剪掉的头发已经有微微的卷了，他坚硬的头颅在他宽阔的肩膀上低下头若无其事地吃饭，他的睫毛在饭厅的灯光下看上去更长了，他甚至没有抬头看看我被痛苦扭曲了的脸庞。

有两分钟的时间，只听见他咀嚼的声音，这个陌生的坚硬的犹太男人，他吃着眼前这个东方女子做的中国餐，却没有一点点顾念她感受的想法。

我克制自己没有哭泣，或者站起来离开这劈头盖脸的尴尬局面。

"你去哪里？"我说。希望他没有忽略我声音里彻头彻尾的失望和惧怕。

"澳大利亚和新西兰。"

"你去多久？"

"不确定。"

总是这样！他总是给我这样的，没有包含任何信息的否定答案，不确定，不知道，也许，再说吧，无所谓，随便，没时间……我只觉得胃忽然疼起来，痉挛般地扯疼。

我克制自己不要失控，轻声地推开座椅，慢慢地站起来，轻声地开门，再克制自己不要摔门而去。

我去到楼底的街边花园，有两棵凤凰树正热烈地开满了花，在最后一点余晖里美得让人晕眩。我不知道你见过地中海的凤凰树没有？凤凰涅槃的传奇，我们都听说过，想象一下它飞落火中时候的壮烈，你就能想象凤凰树开花时候的样子：凤凰树的基本姿态都很不错，像一把撑开的大伞，又像凤凰鸟张开的羽衣，对着蓝天，浓烈地开着烈焰般的红色花朵，像着了火一样，在湛蓝的天幕下，或者在月朗星稀的地中海春夜，这火从不熄灭，会整整燃烧几个月！

我坐在落了红的两棵凤凰树之间的木长椅上，低头看自己脚下的落红，有一条狗狗过来嗅我穿着拖鞋的脚，它刚要靠近，只看到拴它的绳子轻轻一拉，它模糊粉色的舌头便消失了。我看到自己的眼泪决了堤似的穿过披散的长发，落在红色的飘零的花瓣上，落在自己的脚上，带着温热。

第二次出门前两个多月，我提前就知道了，他不断地收到从网上订购的装备包裹，打印当地的资料，甚至将他那深紫色的睡袋放到太阳底下暴晒。他还是心安理得地吃我做的中国餐，或者会真心地赞美我做的以色列人最爱吃的"炸鸡排"很地道。

那个周末，他甚至邀请我去看电影，看完电影我们走路回家，他不习惯我挽他的手臂，我们坐在光脱脱的凤凰树下的长木椅上，他甚至把自己挪到凳子的另外一端，那是以色列少有的寒冬，整个耶路撒冷和黑门山都下雪了，街上一个人也没有。而我身旁的这个高大宽阔的犹太男人的温度，我却感觉不到，我心里拥过一浪一浪的酸楚。

"本。"我说，"当初在珠峰大本营，你为什么要救我？"

"什么意思？这大冷的天，你要坐在这里，就是要问我这个问题吗？"那个吃饭时邀请我看电影的静默男子声音里藏着不耐烦。

"你为什么要给我药吃？"我看着他，眼泪不争气地从左眼滑出来。

"我们犹太人没有见死不救的习惯！"他站起来，向着公寓的方向走去。

忽然又停下："请你不要再哭了，你为什么有那么多眼泪？"也许他本来想说，你们中国女人，怎么那么多眼泪？

我记得在珠峰，他来给我药吃，说："我是犹太人，你可以相信我。"

这"犹太人"三个字，是他自己给自己的勋章或者滴血的十字架，旅行的时候，要佩戴着，回到自己国家生活的时候，要扛着这个十字架：有战事的时候，或者局势紧张的时候他要连着服后备役，甚至是一场一个多月的战争。

有一次，他生日的时候，我给他买了手表作为礼物，他拒绝佩戴，我试探着说，如果你不喜欢，可以换的。他在自己的电脑屏幕前头也不回，"请不要庆祝我的生日了，难道你不知道我是和希特勒同一天出生的吗？你不知道希特勒的生日吗？我不需要庆祝我的生日。"连他不巧和希特勒同天的生日都是一道每年会滴血的疤。

我看着他高大的背影消失在公寓楼的拐角处，风里有雨水将来的湿润味道。我想起中国北方村子里二十几年前那个严寒的冬天，那天我们把我的养父埋葬在那个冻得敲不开的土地里。那年我七岁，我养母从背后推我一把，要我下跪，嘴里说，真是个扫把星，克死你亲妈不说，还克死我男人。

当晚他上夜班，我在他准备的资料里找到预订的机票，这次是去格鲁吉亚，一去七周。我站在六楼我们公寓的阳台上，看着风雨中成排飘摇的椰枣树，想象我从阳台自由下落后的姿态：这将是一记耳光，响亮地打在他曾经说"我们犹太人不会见死不救"的脸上。

我最后没有从那里跳下去，不是因为我没有勇气，也不是因为犹太人鄙视和忌讳自杀，更不是因为我不想让他再背一个十字架，我只是不甘心，我知道我虽然手大脚大，说话不够温柔，可是我认为我配得上一个爱我的和我爱的人。我相信有什么出了错，需要被纠正过来。我在等待那个被平反纠正的时刻的到来。

本第三次出门是印度。一去两个月。

他出门去机场那天，我坚持送他去火车站。他背着自己有些脏的大背包，站在黄昏的T镇的火车站台上，他的深陷的大眼睛，是望着他将要旅行的方向。

我知道这将是离别了。

从此以后，虽然我们可能都会生活在这个小到几万平方公里的国家，可是我们在街上，公交车上，或是某个火车站遇到的机会几乎是零，也许会在等待某一个绿灯的时候，发现旁边开车的人有些面熟，可是还未及细看，绿灯就会亮起，脚下的刹车一松，我们就会怀疑，刚才看到的那个人，是他吗？应该不是他？连这样的电影里才会出现的镜头，也几乎不可能了。

我心里确切地知道这便是离别了，因为这种毫不含糊的真实，我反而像他一样静默。

当初的相遇是那样未曾料想，今天的离别却在心里设想了千万遍。

我听到喇叭里传来火车进站的消息。我站到他的对面，他那么高大，我没有感觉到自己又大又笨，我只感觉到自己幼小无力，我用双眼死死盯着他，他不得不低头来看我，居然咧嘴一笑。他还是那个我在珠峰大本营遇到的咧开嘴就占去脸一半的犹太青年，我也咧嘴一笑，说，本，旅途愉快！

他伸开长而有力的双臂，来拥抱我，我踮起脚尖在他的高鼻子上轻轻一吻。说，你多保重。

我一个人从火车站走回家，那是五月的黄昏，地中海干热的夏天仿佛就在街角，这个小城的每一条小道，我都无比熟悉，五月是凤凰树怒放的时候，T镇的某一个角落，或者红房子屋顶旁的院落里，燃烧般地开放。

我开始在网上找公寓，几乎每天下班都穿梭在耶路撒冷的大街小巷去看房子，回家的火车上，我会拿出本拟好的行程，和他一起旅行在那个陌生国土上的某一个角落，他以前出行的两次，我也是这样，把自己放在他身边，和他一起旅行，像是我们在中国背包旅行的那一段日子。

找好公寓搬家离开的时候，是他结束旅行前一周，我还是像他前两次出门一样，在门上贴满气球，中间彩色的中文写着："欢迎回家。"

"我搬的新公寓，在耶路撒冷中心，和一个犹太姑娘艾拉一起合租，我们相处愉快。我每天可以走路去上班，单程大概二十分钟。"

"你和本，你们再没有联系吗？"

"没有。"我从来也没有指望本会对我的爱为什么没有得到回应给予任何解释。他以前就是个沉默不多言的人，黎巴嫩战争以后他沉默得像块冻结了的石头，无法打开。

九

"本的家人呢？他们也没有和你有任何联系吗？"

本离开去印度旅行，我自己搬离我和本的公寓以前，独自回去过本爸爸和本妈妈的基布兹一次。我没有拿定主意，是否当面告诉他们。

本妈妈总是说，你看，你像我们的女儿一样。本爸爸则会使劲搂搂我的肩膀，眨眼说，我妻子没有错的时候。

正因为我觉得自己像他们的女儿一样，所以，当听到本爸爸质问本为什么不和我一起去印度旅行的时候，我就知道，这么久的忍耐，等待，或者说委屈，都已再没有必要了。我无法接受像父亲一样的本爸爸知道，他这个"中国女儿"，在死死抓着一个用长久旅行来躲开她的男人，这一切，如果是自己一个人在黑暗里面对，也就算了，可是如果本爸爸已经知道了——他本来就知道的。只是，我选择不面对，我选择相信他们是不知道的，实际上大家都是知道的，所有的人都知道，甚至本的大家族里的表姐兄妹，我相信他们都知道，只是大家都不说出来，现在，我亲耳听到本爸爸的质问，我知道自己再不能逃避和隐藏。

我那天独自回去基布兹，安静地和他们吃晚餐，本妈妈做的蔬菜沙拉还有波兰做法的鸡汤，以及饭后的甜点都还是一样的美味。

吃完晚餐，我和本妈妈在沙发里轻言轻语地说话，本爸爸躺在我们脚边的地毯上看电视，加沙的哈马斯往以色列南部发射了27枚火箭弹，南边的孩子们明天不能去上学了。

我确实有些心不在焉，踏进这个屋子的第一天，我就在书架上看到用彩色气球围起来的"欢迎中国来的蓝"的字样；在这个屋檐下度过的很多节日：逾越节的时候，本的两个嫁到欧洲的姐姐会带着孩子回来，大家一起歌唱，诵读《圣经旧约》，孩子们会问问题；犹太新年的时候会收到特别的礼物；甚至在中国新年的时候，也会收到红包；或者本爸爸会跑好几个地方买给我一个很难买到的电饭煲；赎罪节还和本妈妈一起节食一天；本妈妈教我做本喜欢吃的本地炸鸡，逾越节时候喝的有特别寓意的鸡汤。我还参加过很多基布兹组织的五旬节丰收晚会；在每一年的独立日，都会站在国旗下听开国总理本·古里安当年的录音，他在沙沙的电流中说："以色列国建立了……"然后灿烂的烟花绽放在深蓝的地中海上空。那时候，本爸爸都总不忘记和我开玩笑："你看，连国旗都是你们中国制造的，不过那个比例弄错了，线条也不直，烟花就更不用说了，肯定也是中国制造的，所以，你虽然在这过以色列独立日，但是却和中国有千丝万缕的联系。"

本爸爸的玩笑并没有把我逗笑。看完新闻，本爸爸说要去阿拉伯村子里买点急用的东西，顺便拉上我出去兜兜风，然后会送我去回程的火车站。

我和本妈妈在外廊亲吻告别，我紧紧地拥抱她，说，谢谢您！她仿佛知道结局似的说，这里是你的家，你就像我们的女儿一样，想回来就回来。

我坐在本爸爸乱糟糟的皮卡车里，心乱如麻，不知道是不是应该告诉他我的决定。我们并没有去阿拉伯村子里买什么东西，他把车开到卡尔梅山上的百年小镇ZICHRON，买了杯热巧克力给我，指着圆盘一样的银月亮下的地中海给我看。

"本妈妈在知道我搬离以后，曾经在电话里说：'你看，你们如果不合适，决定不在一起，这没有关系，很多人都是会这样，在一起生活，会发现彼此不合适。但是你还是像我们的女儿一样，任何节日，任何时候，你想来基布兹，你都是受欢迎的。'可是，对于我来说，我想安静地生活。"我说，看着丹，是那种"你明白的"的表情。

我没有看明白他是否明白了，他正低着头忙碌地在电脑上敲打。

我试图问自己，为什么不愿意和本的父母保持联系，分开后本妈妈一直断断续续地给我电话，我有时候不接，有时候短信回复，她坚持了很久，终于放弃，虽然在生日的时候，还是会收到她祝福的短信。

十

"你是一个人搬家吗？你怎么度过搬家后的那段时间？"丹
问。

我在北京学习和工作的那些年，搬过很多次家：房租涨价，
不合适的同租者，苛刻难缠的房东，和同居的男人分手，工作单
位的变迁，公寓楼旁在建工地的噪音，或者为躲避一个莫名其妙
死缠烂打的男人……在北京十一年，我总是在搬家，打包和拆包
的过程，总有些流离感，我使用过各种方法，让这样的流离感消
失得越快越好，如今在以色列，这份流离感，多了份外乡人的凄
凉：我甚至自己搞不定一个搬家公司。

我最后决定坐火车到耶路撒冷，再打车到公寓，离开的时
候，只带我的大背包和拉杆箱，里面甚至比我从中国来以色列时
候的东西还要少，只有在搬家的时候，我才会发现，这些年，我
从来也没有真的放手买过什么，好像我一直在准备着离开：一个
人的臭皮囊究竟需要多少身外之物？何况在这个"战火纷飞"的

他乡，身边是一个沉默的几乎想要消失的犹太男人。

我将前前后后从中国辛苦搬运来的中文书放到回收印刷品的垃圾箱里，两年没穿的衣物都放到衣物回收站，那双走遍了大半个中国的徒步鞋，因为几年没有穿，居然脱胶了，我和它对视了一阵，就像和那些与本一起旅行的时光对视一样，这双曾经和我一起走过了中国的万水千山的徒步鞋，最后消失在了以色列的某一个垃圾桶。

一切都收拾停当了，我用本在北京我的公寓里打扫房间的方法，开始清洁：将所有的家具挪开，用有香味的清洁剂拖第一遍，然后用清水拖第二遍，第三遍。很多时候，在这个公寓里，很多问出去的问题只得到沉默的回应时，我就开始戴上手套，打扫卫生，这样的过程，通常持续大半天，直到每个房间，每个角落都再次一尘不染，洁净如新，仿佛这样，就会有新的希望。

现在，这是最后一次，从此以后，这公寓里深重的静默，我都将不再感觉到，不再听到。我从此，也不再沉默的，尖叫的，哭泣的或者是乞求的反抗，我将只听到我内心深处的静默。

一切收拾停当。我打开门，回头看看，又关上门，坐在他惯常坐的电脑桌前，写下两行字：本，钥匙我留在公寓入口处那棵红色玫瑰的花盆底下。蓝。

头顶天窗上那两只总在谈恋爱的鸽子咕噜咕噜地讲着情话，我再次仔细地看每一个房间，每一个角落，这里没有本的身影，他的身影，要不在电脑前，要不在工厂的车间里。这里有的，全是我自己的影子，纠结的，不解的，痛哭的，失眠的，期盼的，祈祷的，这些空间，只我一个人在挣扎，他早已不在这里！他仿佛从来也没有在过！

　　我知道是和这些年离别的时候了，这是没有再见的再见，这一次，不像从前，无需用尽浑身力气求得一个答案，我心平气和地流着泪，让自己最后一次浸泡在满屋子的沉默，跨出这道门，外面就是喧嚣的世界，也许喧闹，但是真实。

十一

我没有那么快地适应外面的喧嚣，我的心里和耳朵里还留着本像冻了的石头一样的沉默，那沉默如此强大，阻挡了一切喧闹。

搬出公寓的头一周，每天晚上，我都在细心地整理自己的物件：其实没有什么好整理的，衣服被挂出来又叠放回箱子。我看着电脑里我在中国旅行时候的照片，那个高个子的面孔黝黑身手矫健的背包女子，变成了眼前这个期期艾艾、欲罢不能的在异乡的异乡人。

我在每一夜入睡前都告诉自己，明天，明天我其实可以提着箱子背着背包返回那个公寓，钥匙就在入口处玫瑰花盆的下面，房间干净得一尘不染，我可以将我的东西，原封不动地放回原处，留下的纸条会被消灭，在本回来之前，冰箱里会塞满他喜欢的食物。他看着门上用气球围起来的彩色的"欢迎回家"的中文字，还是会笑，我们还是会拥抱，沉默可能不会立即出现，他会给我看旅行路上的照片，我们也许会想起一起旅行的时光，那些时日的静默，会带些疲惫的浪子长途旅行后回家的宁静，不会那么咄咄逼人，冒着寒气。

这样做，我不会损失任何东西，反正丢掉的书已经被我翻了几遍，捐掉的衣物也几乎从来不碰了。我唯一损失的，不过是这个新租来的公寓里的这个房间的三个月的预付房租。

钱是婊子，可是这个超过一米九的强壮的犹太男子，是我在千里之外的世界最高峰大本营遇到的，我也许再也不会，像那年一样疯了似的长时间旅行，我去旅行，就是为了遇见他，我如果遇见了他，我不应该让他将我推开，因为我再也不会有这样的遇见了。

本回来的时候，一切都可以像没有发生过一样。

我每夜躺在床上设想，直到想得头昏眼花，最后昏昏入睡，做着各种奇怪的梦。我甚至在某一晚为了确认自己第二天会搬家回去而发短消息给我的老板，说我第二天需要休息一天。

但是天亮以后的我，是另外一个蓝。

那个在阳光下貌似强大，冷静犀利的蓝，站到昨晚的那个黑暗里狂乱而忧伤的蓝的对立面，指责她是多么幼稚可笑，黑夜里的那个蓝在阳光下渐渐萎缩，直到黄昏来临，又阴魂不散地再次复活，全面打败白天的那个蓝。

这样的煎熬到本回来的那晚达到高潮：他的飞机会在午夜十二点降落，从黄昏开始的分分秒秒，那个在黑暗里膨胀的蓝一直在告诉自己，我只要在半夜十二点前叫一个出租车，一切都还来得及，不到一个小时，我就可以回到那个公寓，20分钟我就可以将所有的东西放回原处。留下的纸条会被消灭，他开门的时候，那个在他旅行的时间里，经历了万水千山的中国女子，还是会对他展颜一笑。

我在屋子里计算自己的步子：单数就留下，双数就回去。走到单数，黑夜的那个蓝说，这次不算，再给你一次机会，踱到双数，白日的那个蓝跳出来，你为什么要这样作践你自己？

我一直在屋子里踱步，似困兽。

时钟过了十二点，像一个长久等待最后判决的人一样，我松垮下来，镜子里，是一个像鬼魂一样的憔悴女子，我咧嘴对着这个经过艰苦战斗而胜利的白日的蓝苦笑了一下。

那个夜晚的蓝，躲在阴影里垂死挣扎，盯着时钟：他的飞机应该降落了，他应该在等行李，行李终于出现了，现在他坐上了出租车，他再有二十分钟就会进入T镇，他进入了公寓楼，他看到了门上的欢迎字样的中文字，他打开门，他闻到我清洁时留下的芳香剂，他叫我，他发现我不在，他找到了我留下的字条……

我是那个已经等到判决的人，我守着电话，只等那个给我判决的人告诉我，他同意那些结果。没有短消息，也没有电话，那个人也许连判决的结果都不在意，或者他一如既往地用他的沉默来给我这最后的回答。

那夜我彻夜未眠。

第二天我照常去上班，下班后，我没有带手机，花一个多小时走到耶路撒冷老城口，进入雅法门，穿过那些古老的街道，穿行于那些有着各种不同信仰的人们，那里有来自全世界各地的游客，有叫卖的阿拉伯摊贩，耳朵里响着巨大的音乐，抵达西墙，我给自己买一瓶一升的矿泉水，坐在西墙对面的石阶上，仰头一口气喝。远望着西墙祈祷的人，直到夜慢慢升起来，淹没白日喧嚣的躁动，仿似回到几千年前的耶路撒冷。

然后我站起来，深深呼吸一口气，转身往回走。

我在路上数着自己的脚步，这是一种愚蠢的冥想，会让自己的思维只在一串数字中忙活，来去一共是32307步。回到公寓，我检视着没有短消息没有未接电话的手机，有时候会流泪，有时候会笑，但是我在洗完热水澡后能够入睡。

整个过程持续了两周，我每天走32307步，整整走了十四天，一共是452298步，380.8公里。

上帝用六天创造了世界，我用一倍多的时间，把那个黑夜里的蓝打入地狱。

走完近四百公里，本给我的静默终于被打破，我开始听到一声鸟叫，楼上邻居婴孩的啼哭，深夜醒来车轮滑过街面的声音，凌晨公交车开门关门的声音：整个世界一直以来的声音，这样真实而温暖。

我不知道你潜过水没有，我唯一的一次潜水经验一开始不算太糟，周围的鱼虽然不是最多的，可是从未亲身体验过的海底世界让人耳目一新，但是因为和我一起潜水的教练在海底给我拍照，我很开心，不小心张开嘴笑起来，死咸的海水猛烈倒灌，短短的几秒，我喝了几乎让我的肺爆炸的大量海水，窒息的可怕的感觉让我看到死神的黑衣，我的陪潜教练一开始试图通过挤压空气让海水停止倒灌，直到他看见我已经开始翻白眼，随即放弃了操作，将我带出海面。整个过程不到15秒。出海面的那一瞬间，我像一个新生的婴孩打开肺叶一样，贪婪地呼吸着空气，那一瞬间，我知道自己还活着。

那两周的时间，像是我不长不短的人生里从死到生的15秒，我用尽全身力气，试图从窒息中挣扎出来。

那个周五的早晨，我醒过来的第一个动作，不是去看依旧沉默的手机，而是直接进了卫生间。我在镜子里看到那个消瘦苍白的长眼女子，她对着我咧嘴苦笑了一下，我知道她还活着，也对她咧嘴一笑。

洗漱完去客厅取水，同租的以色列女孩艾拉在厨房里对我笑，蓝，和我一起吃早餐吧，你都搬过来两周多了，但却还是像小老鼠一样安静。

我答应了她。

我后来保留了一周三次快走去耶路撒冷西墙的习惯，风雨无阻，剩下的四天，有两天晚上是希伯来语课程，有两天是钻石鉴别课程，直到我看到这家以色列第三大钻石公司LD中国市场部经理职位的招聘。

"我应该怎么描述那最初的感觉呢，譬如你在一个长途徒步的过程中，你的肩上扛着几十公斤的重量，中间没有歇脚的地方，你得一直背着你的大包，你会大汗淋漓，浑身酸痛，你会诅咒和反抗，甚至哭泣，可是没有效，你得一直扛着。直到有一天，虽然你肩上的重量依然在，可是那重量已经融入了你的背，仿佛是你身体的一部分，你的腿也麻木了，只是机械地往前移动，你仿佛可以这样一直走到天边。但是，忽然肩带断了，你背上的所有重量，在瞬间消失，你的背和腿，一开始没有反应过来，可是等你重新迈步，一步两步三步，你的脚下那么轻，你才开始体会到，曾经在你肩上和背上的重量，你也才会体会到，没有这些重量是如何轻松。"

我对着丹说这么一长串，不知道眼前这个仿似成功的中年男子最后一次背包徒步是什么时候，而他年轻时候当兵的极端训练的感觉恐怕早已经模糊。

丹看着我，是一副没有泄露任何内心活动的表情，他曾经必然是个合格的特工。他点头，说："为什么你不愿意和本的父母继续保持联系？"丹又绕回先前的问题，明显的有些惋惜。

"我想要一个新的生活，和过去没有任何联系。这也是为什么我需要换工作的原因。"我在暗示他，你看，就因为想要不同的生活，新的工作，我却要在这里讲述我的所有过往，这些过往，在我，是不堪，不如深埋，最好上面长满参天大树。

"你认为自己可以在必要的时候切断与过往的任何联系吗？"丹问，同时在做着笔记，面无表情的他，又回到了那个专业的测谎专家。

"我可以。"给出这样一个答案的我，比以往任何时候都肯定。

我在北京工作以后，忽然萌生了和我养母断绝来往的念头。那年春节，我决定不回家，我在电话告知她，我感激她的养育之恩，但是从此以往，我已经不准备回去过年了，我每个月会往她的账户里转入固定的生活费，直到她去世。

她在电话里哭泣，说，当初领养你，是你养父的决定，让你知道我们不是你的亲生父母，也是他的决定，我早就说过，这是错上加错。

在以色列开始工作以后，我甚至会每年转一次款给她，没有电话更没有写信，这个人在这个世界上是否还活着，我也不关心。

我只一心一意地要切断和她的过往。

十二

"好，蓝。"丹将手从键盘上移开，互相搓了搓，说："非常非常感谢你的配合，如我前面所说，这些所有的私人问题，都将只会停留在这个测试。这个测试的大部分，已经结束了，现在，我需要你用一句话来介绍你自己。"

我看着他，感觉自己在做初中时候的一道思想品德题。

"我是一个相信生活会给予答案的人，如果我能得到LD的这一份工作，我知道我会提交一份好的答卷。"我有些像演讲似的讲完，希望这思想品德题是答对了。

"好的。"他说，站起来和我握手。

谢天谢地，我笑，是因为这个测试终于差不多结束了。

丹给我休息和午餐的时间，他利用这个时间整理了所有的信息。午餐后，我用了两个小时在电脑上做各种奇怪的文字或者是图像的智力测试题。咖啡时间之后，他把那些奇怪的夹子还有芯片连接到我的身体的几个部分，另外一头接到一个黑盒子上，黑盒子和电脑是连在一块的。

他动作轻柔娴熟，然后解释说："请你尽量保持身体不要动，我会提问，这个问题是重复的，我会问三遍，你有两遍要撒谎，一遍要如实回答。这样，我的机器就能和你的身体反应建立一种互相读识的关系，这种关系将用来识别你对其他问题的答案。"

我点点头。

他停顿了几秒钟，看着我，温和地笑："你准备好了吗？"

"是的。"如果一定要做这个致命的测试，丹是不是不错的选择？

"你是2006年来以色列的？"

"是。"

"你来以色列是2006年？"

"不是。"

"2006年你来了以色列吗？"

"没有。"真希望这个"没有"是正确的，我们，我和本，可以在2006年黎巴嫩战争以后才回以色列，也许一切都会不一样。

丹仔细查看电脑上的信息，几分钟后，又在我的脖子和耳部增加了几个芯片夹子，说："我会有五个问题，这五个问题，是建立在我们整个上午的谈话基础之上，你只需以否定或者肯定来回答就可以了。在回答的过程中，你需要尽量保持身体不动。"

"好的。"我说，该死的指尖居然开始出汗。

"如我前面解释，现在电脑有了你撒谎时候和未撒谎时候的身体反应情况的数据，在这个的基础上，我会问其他的问题，电脑会根据先前的数据，建立一个对这五个问题的判断，这是一个基本的理论基础，当然不仅仅这么粗暴和简单，你理解吗？"他也许感觉到我的紧张，一开始已经解释清楚的事情，又轻言细语地说了一遍。

"蓝，你知道自己的亲生父母吗？"

"不。"我回答得极快，同时意识到这个问题在我们的上午的交流中并没有被问到。

"如果有一天，你知道了你的亲生父母，你会同意见他们吗？"

"不。"

"你后悔当初来以色列吗？"

"不。"

"你认为以色列是一个正义的国家吗？"

"是。"他一定意识到我回答这个问题的速度不如前面的三个。

"你爱你自己吗？"

"……"我迟疑，不知道有多久，我听到自己的呼吸，我知道很多年我都恨我自己，可是现在我也许可以开始爱，以色列生活给予我的，让我自己恨自己到了头，因为这些恨没有将我杀死，反而让我更加坚韧，所以，有时候我会忽然对自己生出些爱来，但是我不能解释给他听，因为这是"是"或者"不是"的测试题，而我无法用"是"或者"不是"来回答他。

他坐在我背后的电脑前，没有言语。沉默又继续了一分钟。

"我想，这个问题，很难用'是'或'不是'来回答……"

"可以了。"他忽然说。站起来，几乎是轻快地开始取下我身上的夹子和芯片。

结束了这个要命的测谎加面试以后，又经历了两次高层面试，十天以后，我被通知录用。

第二章　蓝

一

　　LD在全球有六家分公司，以色列的卖场的顾客群近十年百分之七十都是俄罗斯人，然后是欧洲人，偶尔会看到非洲人出现在卖场，虽然日本人曾经疯狂地买过几年，但是金融危机以后就只有极少的亚洲人出现了。我这个职位的出现，是因为LD敏感地意识到中国人将很快会成为钻石这个奢侈品的重要消费人群。

　　我在LD的直接上司是艾隆，他是一名头戴着犹太小帽的信教的犹太人。

　　以色列犹太人大致分为世俗的和传统的，世俗的犹太人，他们中所有的人都会过相关的犹太传统节日，比如新年、逾越节、赎罪节、住棚节等等，其中一小部分在食物上无所谓，不排除吃"白肉"（即猪肉），有一部分仍然遵守《圣经》里提到的犹太人需遵守的洁食的食物准则：大致是奶和肉不混合吃，走兽中像猪一样是奇蹄的不能食用，鱼是需要带鳞和鳍的才能食用，有些极端的犹太人，要遵守的食物规定，非常严格，需要用一本书来描述。

　　世俗的这一部分，大多是以色列建国前后从欧洲回来的犹太难民，他们很多居住在基布兹或者集体居住形式的马沙夫里，几乎每个家庭都因为大屠杀而残缺不全，有些家庭的这种残缺不全又因为后来以色列历次面对的战争或者恐怖袭击而加剧。

在基布兹或者马沙夫生活的这个群体绝大部分都是世俗的犹太人，因为在那惨绝人寰的大屠杀发生时，他们曾经发问，犹太人信奉的上帝究竟在哪里？万能的上帝怎么可能允许那样多的惨绝人寰的事情发生？犹太人不是上帝的选民吗？不是应该受到庇护吗？他们的问题当然没有答案，而屠杀依旧在进行，最后这些人选择了面对亲人死亡的事实，而抛弃了上帝。

信教的正统的犹太人可根据信仰程度的深浅分为很多级别，在以色列，最严格地保守传统的犹太人是一个很大的叫哈瑞迪的支派，这个支派里整个家庭的任务仿佛就是按照上帝的旨意，不断地生孩子，男人的工作就是造人和学习相关的犹太经典，女人在生孩子间隙，会做些工作。哈瑞迪犹太人不服兵役，基本不工作，因而对整个现代以色列社会没有什么贡献。他们的孩子出生后学习的主要是宗教经典而非可谋生的现代科技知识，所以下一代依旧走着上一代的老路，这样传统犹太人的数量越来越多，经济状况却一代比一代差，成为整个以色列社会的沉重负担，但是因为以色列的民主政体结构，极端传统的犹太人选出的党派在议会中总有一席之地，他们反而利用宗教的很多条条框框来限制世俗犹太人的生活，周五安息日开始的时候，所有的商店，餐厅，大型购物中心都会关门，公共交通停止运转，如果你周末不小心开车误入正统犹太人的社区，他们会毫不留情地投之以石头。

我的经理艾隆介于世俗犹太人和正统的犹太人之间，他会守犹太食物的规定，也会守安息日：在周五太阳落山到周六太阳落山之间，不动烟火，不用电器，不开车，没有电视收音机以及电话。但是他们会工作和服兵役，他们这些家庭出来的儿女，因为严格遵守十戒，有信仰，在社会中是兢兢业业的中产阶级，在战场上是最能冲锋陷阵的中流砥柱。

艾隆快六十岁了，有五个子女，六个孙辈。没有什么事情会让他担忧，即使八十三岁的老母亲要做一个部分胃切除的手术。他总是说，蓝，有上帝呢。在他的世界里，上帝总是在某个地方，上帝是他的主心骨，他对一切都有安排，工作，生活，家人，他需要做的，就是工作，生活，早祷，晚祷，周末守安息日，去犹太会堂。

在我这个无神的人的眼里，他的生命是如此简单，毫无忧惧。

他有时候会问我。蓝，你一个人住，你晚上和谁说话？你如果有悲伤，有快乐，你和谁分享？你要是有上帝，这一切就会简单得多，你不觉得没有信仰是一种缺失吗？

他一开始听起来更像是在传教。

我只好如实告诉他，我是在一个无神论的教育环境里长大的。神和我，完全是两个世界的，无法对话。

你不觉得这个世界是很奇妙的吗？你不认为很多事情的发生都是有原因和主宰的吗？你或者可以不叫这个主宰为神，随便你怎么给他命名，这样一个在某个地方存在的主宰者，他是万能的。

我看着他，不知道如何回答，我想，他是在说我们中国人所谓的命运吗？只是这个"命运"被扩大到了世界万物，而不仅仅是我们人自己。

　　"你知道，蓝，我们生命中，有很多问题，很多事情，很多现象，没有解答，可是这些事情，你可以去问神，有时候你甚至不用问，一切的一切都可以交给神，神会有他的答案。"

二

我在钻石公司LD卖场里的老师叫艾德拉，她英语和德语都非常流利，老太太出生在德国，十岁前随父母从德国逃回以色列，艾德拉十九岁开始工作，是个护士，从护士工作退出后，因为懂德语获得了在钻石领域的工作，直到现在。

以色列女性六十二岁退休，艾德拉七十二岁了，脸上几乎没有皱纹，她染着鲜红的指甲和艳丽的口红，像一个"永动机"一样，上每周五天的全职班。

我在LD上班的第一天被指派跟艾德拉一个月，学习公司近三百平方米的卖场里的所有程序和细节，包括销售。

她只用了一上午将卖场里的程序噼里啪啦地介绍给我，再给我一叠钻石博物馆的资料，说："你看，都在这里了，如果客人感兴趣，你可以带他们去钻石中心的博物馆，博物馆和LD有合约，入场是免费的，博物馆的讲解词已经说得很清楚了，你也可以自己去那里看看，博物馆的每一个区域都有介绍钻石的小电影，目前还没有中文只有英文，这不难，你不是正在学钻石鉴别课程吗？博物馆对钻石知识的介绍，我相信比你所学习的课程要简单很多。"

我不能确定，这是犹太人特有的方式，还是她给我的一个下马威。

钻石卖场里灯光透亮，各种钻石饰品散发着耀眼的光芒，我是这些闪烁光芒里最灰暗的一部分：我的上一个工作是一个家庭性的小公司，这样的小于十个人的公司在以色列成千上万，一般超过50人的公司已经算比较大。刚开始工作，看到老板的儿子居然穿着拖鞋出现，不到一个月，我已经舒服地穿着自己的拖鞋出现了，甚至有时候光脚在办公室之间穿梭。

可是在灯光和钻石互相闪耀的这个卖场里，我觉得自己是最灰暗的那一部分，卖场里的大部分俄罗斯姑娘们每天出现的时候都像是参加一场盛大的晚会，她们脸上的妆容，我用两个小时也描画不出来，凹凸有致的身材呼之欲出，各式的高跟鞋在红地毯上的花纹中变化着走路的姿态。

我站在透亮的灯光下，被柜台里闪耀的钻石包围着，我对自己讲，这个工作，是我经过了那么辛苦的四轮面试得来的，难道我就要因为这样的无比绚丽的环境或者一个不准备手把手教我什么的犹太老太太而放弃吗？

第一天的一整个下午我都拿着计算器，噼里啪啦地敲打各种打折或者退税的方法，艾德拉则忙着招呼她的德语或者英语客人。

我在第三天得到一串钥匙，除了贵宾区超级昂贵的顶级珠宝，我被允许触摸任何一件首饰：那些动则上万美金的钻石首饰很快和我在钻石鉴别课堂学到的东西对上了号，我也忽然意识到，那个漫长的像以色列间谍机构招聘的测谎面试是有它的原因的，虽然头顶有无数的摄像头，我还是被这种上班三天就可以自由触摸如此贵重的东西的信任感缔造了最初在LD的归宿感。

经理艾隆会偶尔问我，一切都还好吗？你还感兴趣吗？艾德拉已经在这个行当里工作了几十年，别忘了你有个经验丰富的老师！

艾德拉在为她的客人服务的时候，我会隔着一定的距离跟随，她自由地把玩各种首饰的姿态，她捕捉客人心理的眼光，甚至她就客人的风格选配首饰的技巧，我都能一一观摩并牢记。

艾德拉有时候会在午后邀请我和她去休息区喝杯咖啡，我们坐在巨大的落地窗旁边，几乎可以看到整个耶路撒冷公园的全貌，这个聚集了世界九分美的古老城市，现在不仅仅是那不到一平方公里的老城，而是无限地扩散开去，散落在高高低低的山头，看上去比她的任何历史时期都更壮大和繁荣，却不知其中有多少冲突和杀戮。

她每次邀我去喝咖啡的时候，就好像要弥补她不是一个好老师似的，略带歉意地跟我说："你看，我这个人，总是喜欢独来独往的，我曾经的工作是护士，即使后来做到护士长，可我还是不喜欢领导别人，我宁愿自己把所有的事情都快手快脚地做掉。"

我安静地看着她，我想，她一定读不懂我细长黑亮的东方人的双眼。可是有时候，她会忽然说，我相信你从那个培训学到很多东西，不过，如果你有任何问题，非理论而实际操作中的问题，可以问我。

我刚来以色列的时候，不管对谁，都挂着我们中国人世俗化的微笑，喜欢的人，微笑真诚一些，不喜欢的人，微笑僵硬一些。

渐渐地，我发现，如果以色列人没有对你微笑，并不表示他们不喜欢你或者对你有意见，不管微笑与否，他们说话，会看着你的眼睛，就事论事，而我的微笑就像日本人的鞠躬一样，会让有些人也莫名其妙地做出同样的回应——这看上去有些滑稽。

我渐渐地不再程序化地微笑，我不再注意自己是否微笑的时候，我听到更多内心的声音，我遵从内心的评判，而当我从心里微笑的时候，我能看到对面的那个人或多或少的惊艳表情。

通常艾德拉这样轻描淡写地提到她作为我的"领路人"的职责的时候，我总是面无表情地说，会的。

一个月实习完后，我需要通过一个考试，把商品"销售"给一个"陌生人"：那天一整天，我接待了好几个"陌生人"，而我并不知道哪一个"陌生人"其实是我的考官，哪一个不过是随机出现的顾客。

我那天穿着黑底绿叶的旗袍：自从来了以色列，中国带过来的旗袍几乎没有派上过用场，LD卖场里我无法用那些名牌衣物来和本来就以产美女著称的俄罗斯姑娘斗艳，而旗袍是我的偏方，这偏方就像中药一样，只对中国制造的身体管用。

也许是那件无比贴身的真丝旗袍的效果，我当天所接触的每一位顾客都有消费，最后我知道某一个"陌生人"是LD公司南美区的负责人，那两天刚好回以色列。他从我手里为他妻子"购买"了一串近五万美金的钻石项链。

考试结束的那天午后，我和艾德拉坐在厨房喝黑咖啡，她很认真地说："我早就说过，你是一个非常聪明的姑娘，我以前教过一个日本人，我认为你比她聪明多了，你在这个公司，一定能大展拳脚。"

我还是面无表情，说："希望能借你的吉言。"

她忽然要表现亲昵似的，像所有的祖母一样，从钱夹里掏出全家人的照片给我看。我只能说，有些人是上帝眷顾的，她和她丈夫育有两男两女，目前有五个孙子孙女，而另外的两个已在腹中，等待降生，她的儿子女儿个个俊美有型，有体面的工作，孙辈都聪明可爱有教养。

"你看，蓝，这就是我的全部，家庭。"她摇着手里的几张照片："这就是我目前生活和工作的全部意义所在，我爱我的家人。"她边说边将照片都放回钱夹里。

艾德拉此刻是个超级可爱，为自己的家庭奉献一生的犹太老太太。以色列的传统犹太人不断地生孩子，是他们信仰里所教导的，而世俗犹太人对家庭和孩子的归宿感也非常强烈，他们中的很多人，会在30岁前结婚，婚后立即就会生孩子，这也许是因为以色列四面楚歌地位于阿拉伯世界的包围中，尽早成家立业，养育下一代能帮助他们消除战争带来的压力，也是民族延续的根基。像艾德拉和艾隆这一代，一般都是四个孩子，而新的一代，也有两到三个孩子，个别世俗的犹太人也会生五个孩子。以色列几乎没有什么太多的娱乐生活，结婚了的男女，除了工作外，家庭生活几乎成为生活的全部色调。

不像很多白种人一样，她有中国人式的高颧骨，也许因为她总是那么神采奕奕，精力充沛，那颧骨时常闪着红晕。她给我看完她的整个家庭，无一例外地开始问私人问题，当得知我来以色列是因为犹太人本的时候，她毫不避讳地说，如果她儿子交往一个非犹太教的女孩子，她会很失望，很可能会反对。这也难怪，她是从传统的犹太家庭长大的。"另外，你知道吗？以色列的男孩子和女孩子是有些失调的，因为战争，男孩会比女孩少。"她又说。

我很快就原谅了她说话直接，我也原谅了她没有手把手地教我。我记得和本一起的时候，已经忘记问他什么问题，他忽然爆发一样地说，这是网络时代，什么都能找到，你为什么不能自己去查查看？所以，虽然她这个月没有直接教给我太多东西，但是我已经自己查查，自己看看地学到了该学的，也顺利出色地完成了"考试"。

我说："是吗？本的父母和你不同，他们爱我如同己出。"我这属实但听上去比较强硬的回答更像是一种挑战。我已经厌倦别人拿我当外乡人对待：我现在不再看中文书，开始试着说更多的希伯来语，吃犹太人的国菜胡姆斯酱还有皮塔饼，有时间会和艾拉一起看八点整的新闻，我还学了两首希伯来语歌曲，如果一定是他乡为故乡的命运，我正在学会面对和接受。

我也没有告诉她，她给我看那儿孙满堂的照片，对我这样一个形似孤儿的异乡人是怎样的一种刺激，甚而像伤害。

三

周五的早餐是我和忙碌的艾拉能够共享的一个安静舒适的早晨。

那个周五我做了香蕉鸡蛋饼——艾拉第一次听说"香蕉鸡蛋饼"的时候，会觉得这是风马牛不相及的东西，可是吃了一次，就每个周五都盼着吃。我还用豆浆机打了豆浆——土生土长的以色列人艾拉一开始对豆浆也是一副睁大眼睛难以置信的表情，可是还没等我将豆浆对女人的诸多好处讲完，她就已经同意要喝了。艾拉做了牛油果拌煮鸡蛋加罐装金枪鱼，另外还切了最具代表性的三色沙拉：黄色的甜椒，青色的黄瓜以及红色的樱桃西红柿，主食是从一条街外的现烤现卖的面包店买来的只有安息日来临前才有的辫子状的哈拉面包。当然还有腌黄瓜和橄榄，以及每个以色列的桌子上都会出现的"口特极"颗粒状咸奶酪。

基督徒吃饭前要祈祷，犹太人会直接对彼此说"好胃口"。说完"好胃口"，我便埋头苦吃起来。忽然意识到艾拉在看我。

我记得和本一起旅行的时候，他有一次也那样看着我，等我意识到而忽然停止的时候，他说，你吃东西很认真，真好。

我有点不好意思，说："这中西合璧的早餐真心好吃哈。"

艾拉甚至有点像个大姐姐一样来触摸我的手臂，说："亲爱的中国姑娘，你出现在我周五的早餐里，像一个奇妙的梦一样，是什么把你带到了以色列？"

我吞咽下那一口脆脆的三色沙拉，又往自己的盘子里加了一点，平静地说："那时候，我爱着一个犹太男人。"

"哦。"这下轮到她埋头苦吃起来。

我回摸她的手臂说："没关系，那是以前的事情了。"

我看着盘子里的三色沙拉，不知道是去叉红色的番茄，还是青色的黄瓜，随即放下叉子，看着艾拉，说："我后来发现，我爱着的只是他身上有而我没有的东西。"

她往我的盘子里掰一块面包。说："对不起，亲爱的。"

我往上面涂奶酪，说："没什么，真的，好像是多年前的事情了。"

"你要是不愿意讲的话……"

"不，没有什么。那时候，我爱着他有一双我想要的父母。"

艾拉陷入沉思。

"当然，主要是他身上那些钢铁一样坚韧的神经，以及他爱着他自己的这个国家的那种认真。"

"嗯。听上去，像一个标准的土生土长的以色列犹太人。"艾拉终于意识到她没有因为提起这个话题而闯祸。

"他身上某些固有的，从出生就带有明显烙印的归属感。"

艾拉已经停止了吃饭，张着耳朵看着我。

"不过，我后来意识到那是一厢情愿。"

我眼里忽然涌出大量的泪水，可是我并没有哭泣，我的嘴里，鼻子里，都没有发出任何声响，就好像我的双眼背后有两个忽然被打开的水龙头一样，那像溪水般涌出的无声泪水很快滴落到我面前的盘子里。

艾拉推开椅子，走过来，一把将我的头搂进她的怀里。她冰冷的手指开始在我的后背上慢慢抚摸，并说："会好起来的，一切都会好起来的。"

那是我搬出和本住的公寓以后第一次在外人面前哭泣，这些泪水，像是浇灌在埋葬那个黑夜里的蓝的墓地上的树苗的雨水一样，只是为了让那树苗长得更高更好，最终完全淹埋掉下面埋葬的那一个软弱的灵魂。

大概两分钟后，我的那两个水龙头忽然关上了，死死的，没有多一滴眼泪。我清洗好自己，重新坐到艾拉面前，对着她笑，说："谢谢你，艾拉，已经过去了。"

我们重新操起刀叉，安静地吃完早餐。

艾拉在那个周五早餐后没有急着出门，她加入了我在阳台上的咖啡时间。

艾拉开始跟我讲她的过去，她从一个宗教学校毕业，学校里只学习了女孩子在一个传统犹太家庭里所需要学习的最基本的礼仪操守、最基本的数学，没有电脑，没有网络，甚至没有电视，学习之余就是帮助母亲拉扯抚养弟弟妹妹。

到了十八岁，像很多传统犹太人家庭里长大的孩子，她和她父母为她选好的未婚夫见面，只一面，她就得嫁给他。她很惊讶地意识到，他不是她未来的丈夫，他和她从十二岁起向上帝祈祷的那个人相去甚远，她拒绝这门婚事，可是父母置之不理。她选择离开——像其他正统犹太人家庭选择世俗生活的孩子一样，她的整个大家庭选择了与她完全断绝关系和来往。

艾拉离开家时，才十八岁，在社工的帮助下开始补习常规的科学知识，还需要在餐厅打工养活自己，过了三年，她作为社工工作两年，算是像世俗的犹太人一样服了兵役，最后考上大学，完成第一学位后，她现在是法律系第二学位在读生，走到今天二十八岁，这十年，她赶着劲地赛跑，要把前十八年错过的都赶回来，甚至没有时间和精力恋爱一场。

我差点要出口安慰她，告知她我理解她的感受，我也不走运，生下来不到一天就被抛弃，而我那个像父亲一样的养父又很快过世，我想告诉她，其实很多年，我都是这样一个人走过来的，像她所经历的十年。我最后没有敞开心扉畅谈过往，不是我不相信她能理解，我只是意识到，命运对她真的更不公平一些：她是拥有一切的，直到十八岁，她甚至曾经深信着她的有神的世界。

四

卖场里的工作熟悉以后，我被安排到销售管理部门，跟一个叫玛萨的俄罗斯犹太姑娘学习市场。

LD北美市场的主管玛萨的早晨是从一杯咖啡和两块带坚果的巧克力小饼干开始的。我啜饮着自己的黑咖啡，还是一贯的沉默，她注意到自己手上的两颗大钻石闪花了我的眼睛，遂把自己无比骨感的手优美地转个圈，含情脉脉地盯着看了一阵，说，心形的这个是第一个丈夫给的，接近三克拉，这颗粉色的，是后来那个大老粗武官买的，我就是帮我两女儿保管保管，等到不做这行了，也用不住了，就给她们俩吧。

她忽然转头看看我，说："你这个中国女子，穿着旗袍比一颗三克拉的钻石还闪耀，你挑男人的时候，得挑一个起码能给你买五克拉钻戒的。"

我咧开嘴大笑。

不知道什么时候，我开始这样咧开嘴大笑，从那次我在艾拉面前哭泣以后？从我和LD签约以后？

她强调似的说："相信我，你可以随便挑个能给你买五克拉钻石的男人。"

我不太习惯俄罗斯女孩子的眼睛，美，但藏着冷，是被俄罗斯那种雪冻坏了的冷，不似很多以色列人的眼睛，总含些焦躁，却有被地中海的阳光烤化了的暖。

"谢谢！"我说，低头去饮自己的咖啡。

她忽然开始讲她自己的人生故事。

快四十岁的玛萨，在莫斯科出生长大，后来到纽约留学，因为自己是犹太人，认识了也在美国留学的以色列犹太人，两人毕业后一起回以色列结婚，五年后，两人离婚，留下一个女儿，跟玛萨过。

离婚后的玛萨依然街上回头率一片，不久和东欧某个国家驻以色列的外交部武官交往，很快怀孕，武官还没准备要孩子，玛萨不管不顾，把孩子生下来，武官本来认定自己是权力和武力的代表，却忽然被这个一头金发，双眼深陷，个头高挑的俄罗斯姑娘轻巧地缴了械，忧郁了一阵，全身撤退。以色列任职的那几年，武官还会支付女儿的赡养费，后来转任其他国家，因为并没有和玛萨结婚，他便和他应该支付的抚养费一起消失无踪。玛萨一个人带着从不同的男人那里得来的两个女儿生活。

每天早上，你会先闻到她独特的香水味，然后会听到她特有节奏的高跟鞋清脆响亮地敲打着地砖，最后是她高分贝地和各个办公室热情早安的声音。

咖啡时间完后，她坐到她的电脑桌前，将一双同样骨感的脚从高跟鞋里解放出来，放到办公桌下，并示意我坐在她身旁。

玛萨没有开始讲述她如何在北美做生意，却开始喋喋不休地谈论一个女人应该如何猎获一个男人。

"你要知道，整个过程才是最有趣的部分。男人们总是认为女人才是他们的猎物，所以一开始会像猫和老鼠一样，猫看上去高大，聪明，灵活，老鼠只能乖乖就擒。我相信你看过猫和老鼠的故事，我女儿特别爱看，我大女儿都十一岁了，看了不知多少遍，现在还是最爱。"说着话，指着办公桌上那个和她一样有金黄头发的小美女说："喏，她将来也只嫁能给她买五克拉钻石的男人，你要做那个故事里的老鼠，把猫逗得团团转，直到它们无计可施，俯首称臣，完全缴械，你才会偃旗息鼓，因为那时候，就没有太大意思了，你知道，游戏结束了，就这样。"

她一边声情并茂地说话，一边噼里啪啦地敲字回邮件。

偶尔她的手机会忽然跳出来一些国际电话的提示，她立即操起电话，满口美国腔地讲英语。挂下电话的时候，会总结性地说，这个吝啬鬼，或者说，奇葩。

午餐她给我讲各种她吃过的食物："食物是上帝给我们的除了性之外的第二个礼物，所不同的是，性是隐秘的，食物是公开的享受。而且性不是终身的，所以，如果你要看得长远一些，还是食物比较靠谱。"她说完，把那块煎三文鱼优雅地填进嘴里。

忽然又盯着我说："你这样安静，是不行的，虽然你这双迷死人的细长眼睛会说话，但有时候你得让那些零售商在电话里就买下你手里的货。"

我咧嘴笑，还没来得及说话。她已经自问自答了："或者你们中国人就是这样，看到闪亮的钻石，就不用多言了。这块芦笋煎老了，这家餐厅是我曾经最喜欢的，他们现在不像以前那样用心了。"她转变话题的速度和她高跟鞋踩地上的声音节奏一样快！

下班以前，她开始看上周的销售成绩表。我正在试图捕捉她眼花缭乱地动着的鼠标。她却忽然问我："你怎么样？不喜欢捕获游戏吗？相信我，你只需要遇到真正的对手，你要是遇到真正的对手，真的会很刺激很有意思，我保证你会喜欢的。"

"我很想知道这个表上的数据分析。"我决定不能这样稀里糊涂地过完这一天。她好像习惯了我的沉默，忽然没有听懂我说什么似的。

"玛萨，你要是能解释一下这个表格的数据，对我了解你的工作方式将会大有帮助。"我想我这时候看上去相当强势，我要从她这里学的不是"猫捉老鼠"的游戏，或者"性和食物"的相似之处，而是怎么做钻石销售。

"啊，这个还需要吗？你这样聪明的女孩子。"我看着她，答案和表情都是"YES"的样子。

"相信我，你只要和我在一起，你看我每天做什么，不出一个月，十天后就可以出师了，你这样聪明的女孩子，不需要我唠唠叨叨地给你解释。""你是个聪明的女孩子"这句话，我在中国很少听到，在以色列，每个人却说得那么真诚。又或许是她听说了我的那个在卖场的"测试"成绩。

她响亮清脆地说完，看到沉默的我脸上还是"YES"的表情，很无辜地开始给我解释。

玛萨这样的女人，才是聪明到不可理喻的，她的解释思路清晰，妙趣横生，你虽然还是会听到"性""捕捉""游戏"这样的字眼，可是十分钟以后，她把那张表梳理得脉络清楚，一目了然，跟她的金黄色的头发一样顺。

开始和玛萨工作以后，每次走路去耶路撒冷古城的时候，我再也不数自己脚下的脚步了，古城还是那样，总是少不了来自各地的游人，下雨的时候，被无数朝圣的脚步磨平的石头几乎能反射出影子来，街上总会碰到弄不明白是哪个教派的基督徒，或者目不斜视的戴黑帽穿黑衣的正统犹太人——他们人在街上走着，却目不斜视，仿佛周围的世界是不存在的，他们只与神交流，有时候，我会在天热的时候招待自己一个冰激凌，天冷的时候，买给自己一杯热咖啡加黄油小酥饼，我总是一周三次走路去耶路撒冷西墙，坐在圣殿哭墙对面的石阶上望哭墙，连石阶后面那个检查站的以色列士兵都认识我了，有时候如果有一大个团队在排队等候安检，他们会挥挥手，让我从旁边通过。

我不仅仅从沉默中听到真实的喧嚣，我还开始闻到各种气味，看到各种颜色。虽然，我依然会在最不经意的某个瞬间，想起本。

那种不经意无法预料，无法预防，也无法抗拒，有时候是一辆和他用的一样的摩托车，或者一个类似的高大背影，甚至是深夜一个没有标注名字的陌生来电。

我总是会在某一个最不经意的瞬间，忽然被忧伤袭击，心脏像是忽然被人抽掉了某条脉络一样地疼。

五

钻石鉴别培训课程结束后，我开始将自己的照片和个人信息放到以色列的一个交友网站上。

我有时候会坐从耶路撒冷到特拉维夫的火车去特拉维夫的海边，和一个陌生人见面。

长长的穿过耶路撒冷村庄和田野的火车上几乎空无一人，没有耐心的以色列人总是抱怨这条火车的线路穿过偏僻的村庄和山脉，速度无比的慢，还得在中途转车才能到达。可是我享受这样几乎空荡荡的火车，我和车厢那一头躺在椅子上呼呼大睡的士兵两不相干，心静如水地看着窗外的风景，去赴一个自己知道很可能明天就再也不会联系的以色列人的约会。

我知道，那个打给我电话，想和我约会的人，一定是好奇，对眼前照片里黑眼黑头发的亚洲女子，不过是好奇，虽然我心里已经把自己当作了半个以色列人：吃皮塔饼；爱"口特极"颗粒状咸味奶酪；殷殷地盼着秋天第一场雨的到来，雨一来就开始炖火鸡脖子汤；用希伯来语和邮局里试图插队的男人大声理论；周五像打仗一样要在安息日到来之前把一周的食物都采购好；大屠杀纪念日和阵亡士兵纪念日警报响起时会"啪"地站起来，低头默哀；普珥节的时候穿着奇装异服去上班；赎罪节绝食一天……

我有时候和人喝咖啡，有时候和人吃晚餐，或者就在特拉维夫最大的公园里漫无目的地散步。断断续续的各种约会中，我和对面的以色列人，在相处的时间里互相观察。很多时候，我的约会对象需要用各种想象还有惊叹来完成对我的认识，而我，就像一个戴着中国面具的以色列人那样去读对方，这是一件有趣的事情，它让我在一面万象的镜子里看到我自己。

这些人当中，偶尔会有像本一样曾经在中国各地背包旅行过的，不过所有的这些人我都没有和他们再联系：要不就是他们不再打电话给我，要不就是我不接他们打给我的电话。

除了一个祖父母在二战时在上海避过难的青年。因为我并不喜欢的"上海"的关系，我和他接二连三地约会了几次，到第五次他终于忍不住问我来以色列的原因。听完我简单的描述，他说，那我现在明白了。

离开的时候，他忽然来拥抱我，说："来，我们像以色列人一样，拥抱告别，这才好。"

我从此不再和他联系，他是个优秀温柔的青年，但是我在他眼中看到我不喜欢的自己：这要不是他不够锐利，要不是我不够自信。

六

在以色列，因为我的异国面孔，很容易吸引各路目光，和本在一起的时候，我对这些目光是恼怒而排斥的，我莫名其妙地对自己恼怒，那束我需要的目光从来没有真正地关注我，而这些各色我不需要的目光却像张网，黏在身上。

在房产律师大卫那里出现的第一瞬间，我几乎可以感觉到他的心房"嘭"地跳了一下：我明白他读不懂中国人转瞬即逝的表情，所以，我相信他并不知道我其实不小心听到了他那小心脏"怦"的一声。

秋天，我决定在耶路撒冷的某个山头给自己买套小公寓，不知道是不是这个取名为"春天"的楼盘面对着耶路撒冷最大的坟山的原因，公寓价格相对偏低。

这个小公寓，将在两年以后交房，这些年在以色列存下的钱可以首付，LD的中国市场蒸蒸日上，让我有足够的钱支付这两年的房租和房贷，最重要的是，我看到这个上升的市场不至于会让我在两年内失去工作，两年以后，如果不用付房租，即使我不能在LD这样高收入的公司工作，一般的工作将完全能够支付房贷和日常用度。

大卫的秘书将我安顿好，把我的相关材料放到他面前的办公桌上，就退出去了。

大卫在那"砰"的一声之后，就不来看我了，他剃着大光头，也许是因为犹太人太聪明，也许是因为以色列夏天的干季又长又热，有很多人非常年轻的时候就秃顶了，然后他们干脆将头发悉数剃掉，所以光头触目皆是。

他低着他发亮的大光头翻阅我的资料，大概有三分钟的时间，抬头说："你目前还没有以色列永久居民证，对吗？"

"是的。"我知道他没光头以前是一个金发男人，因为他剩下的浓密的眉毛和眼睫毛也带些金色，他脸上甚至隐约残留着一些雀斑。

"那么，你需要一个担保人，或者说，你需要一份资金担保。"我接触到的律师，大抵是喜欢霸占话语权，对面的人最好闭嘴，他们说的才最重要。而此刻的大卫讲完话，只望着我。

"你的意思是说，银行不愿意贷款给我，因为我没有以色列永久居民证？或者说我不是以色列长住国民吗？"

"我的意思是说，假设有一天你忽然不能供贷，你的担保人会帮你支付，直到你的经济情况好起来，能重新还贷为止。"也许他的小心脏又开始跳动了，因为他又去看那个已经翻了一遍的几页材料。

"我理解的是，假设我不能还贷，当然我希望千万别出现这样的情况，但如果不幸发生了，银行不是有权收回这个房子吗？

银行怕什么？"

"对，理论上是对的，银行拥有这个房子，可是有时候银行可能不想拥有这个房子，因为再卖出去，才有钱得，而且不排除房子到时候的市值低于贷款。"

"我因为是外国人，首付已经是40%了，房子会贬值得这么厉害？"

"不是说房子会贬值得这么厉害，银行是干什么的呢，银行的功能就是设想并避免所有的漏洞，让他们只盈不亏，所以他们什么算盘都会打好。"

"哦，这样的话，是不是我没有可能买这个单身公寓？"

"也不是这样。"大卫说话的时候，还是在翻着他已经翻过的那几页资料。"有时候，甚至有更糟糕的情况，比如以色列陷入大战，根本没有人买房子。"

"不会这样吧！"

"欢迎来到以色列！"他第一次笑起来，因为他的睫毛和眉毛都是浅色的，配上他同样浅色的眼睛，他看上去好像是秋天枯黄了的野草一样有些轻飘飘的。

我咧嘴笑。心想，这些以色列犹太人，究竟是为他们自己骄傲还是痛苦？

我在以色列，听到过无数次这样的话：欢迎来到以色列！说这个句子的时候，这句话本身的字面意思已经完全不存在了。欢迎来到以色列，这个国家经常三天两头打仗；欢迎来到以色列，这个国家税收高得离谱；欢迎来到以色列，传统犹太人不工作不服兵役，政府却要拿纳税人的钱去补贴他们；欢迎来到以色列，以色列阿拉伯人不服兵役，却享受以色列国民待遇，用一个民主机制赋予他们的所有自由，为巴勒斯坦人，或者邻国的阿拉伯人鼓掌叫好；欢迎来到以色列，我们这群倒霉的犹太人，虽然经历千难万苦建立了自己的国家，可是这才是苦难的开始……

我当天没有签成购买合同，大卫承诺他会找到解决的方法。

不到一个星期，他直接给我电话了，说他刚好在我公司附近办事，想来我也该下班了，我们可以一起在什么地方坐坐，关于房子贷款的事情，他有事情跟我讲，末了，又特别注明他是顺路，对这次见面，我不用付律师费。

其实真没有必要付费给他，虽然在我的坚持下，咖啡钱由我支付，因为关于房贷，他只带来一个消息：如果我能从目前工作的LD签到一个五年的合同，并将首付提到45%的话，贷款是可以拿到的。

他慢腾腾地讲完，见我没有直接的反应，又说，如果差那5%的贷款，他也可以帮我，以色列民间有一种小额贷款，就是帮助像我这样的类似"新移民"解燃眉之急的。

我告知他我对和LD签到一个三年的合同比较有把握，而五年则无法知晓，另外，如果真的能签到一个五年的合同，那么那5%也迎刃而解了，因为我在计算买房的时候，还给自己留下了一小笔钱，以预防万一，如果我有一个可以工作五年的好工作，这个"预防万一"也不需要了。

预防什么万一，我自己也说不上来，或许只为这一点积蓄，可以买点安全感。而实际的情况是，在我拿到以色列临时居民身份证后，我的医疗像以色列国民一样全免费，如果失业了，我可以像以色列国民一样领3—6个月的救济金，这段时间，足够我找到下一个工作。我早已经做厌了异乡人，一心要把他乡为故乡，这个买房计划，不能轻言放弃。

我正满脑子找理由，大卫却在对面问我是不是上海人。不，我不是上海人。总是这样，在以色列这样的小国家，很多人难以想象中国有多大，很少有人真的像本一样游览了几乎整个中国，他们总是问：是上海来的吗？不是！北京吗？也不是？哦，那是香港？

这一次大卫问我是不是上海人，却只是讲他的故事的开始：大卫的母亲，是在上海被怀上的。大卫从小听过无数的关于上海的故事，所以见到一个中国姑娘，忽然像见到半个娘家人一样。

现在我明白他为什么第一次见我，会有那"怦"的一声心跳了。

七

那个周五早晨，我和艾拉都睡了懒觉，然后决定大老远跑到特拉维夫老港口吃一个早午餐。是难得的一月里的晴天，天蓝云白，空气透亮，海深蓝。

艾拉喜欢各种奶酪，她面前有七八种小碟盘，全是我难以分辨的各种奶酪。我点的是黑面包和各种酱：豆类的，水果的，甚至一些奇怪的香料磨成的酱。

我们照旧相视说完"好胃口"，开始津津有味地吃饭。

"我知道这有些太早了，不过到七月，你就得另外找同租的人了。"艾拉忽然说。我不解地看着她，虽然是半年后，已经开始不舍。

"我和艾米特，我们准备这学期订婚，然后一毕业我们就结婚，利用夏天的时间去旅行两个月，这之后我会实习一年，实习完了，开始工作后，就得考虑生孩子了。"

"艾米特？"艾拉忽然紧密起来的人生计划让我吃惊，我大喝一口咖啡，希望那又苦又香的液体能帮我在脑海里搜索到这个名字。

"对，艾米特。"她眨着眼睛。

我继续在脑子里扫描。

"唉，中国姑娘，你应该站起来，给我一个拥抱，并祝福我，因为你是我第一个告知的人。"她举着手里的叉半开玩笑。

我惊觉自己的失礼，推开座椅，紧紧地拥抱并亲吻她，放开她的时候，动情地说："MAZALTOVE(恭喜你)！"

"真快，艾拉，我就听你说过一次艾米特。"我记起有个周六晚上，安息日结束了以后，她说她得出去一下，有个叫艾米特的男孩子在等着她。那是什么时候？一个月前？

"我是从一个特别大的家庭走出来，这十年，对我来说，过得太冷清了，我感觉自己迫不及待地想要自己的孩子，自己的家庭，吵闹而温暖的。"她满眼满脸都闪着光，在一月的地中海阳光里，已经是个幸福的准新娘的模样。

"是的，我理解。"我其实不能确定她是否知道我是真的理解。"真为你高兴，亲爱的。"

"我知道，这对你来说，有些奇怪，来得也很忽然，我和艾米特，我们并没有交往很久，我愿意在紧张的不够用的时间里和他交往，因为他一开始就声明，他的交往目的是家庭和孩子，这正是我想要的。"

"艾拉，亲爱的，我相信你做的选择。"我微笑着，把那块沾了芝麻酱的黑面包放进嘴里。

"他有四个兄弟姐妹，加上父母，是个温暖的大家庭，我们开始交往不久，他就带我去了他家里，我意识到我那么期盼那些安息日的晚餐，以前在我自己的父母家里，小的时候，总觉得安息日无比神圣，到了十六岁，我的两个姐姐都已经出嫁了，那两年，我像家里的长女一样帮我母亲准备安息日的晚餐。当安息日晚餐准备好以后，我父亲端起红酒，唱着祈祷词，然后自己小喝一口，再传给每个人，大家都喝过圣杯里的酒，就可以开动吃晚餐了。新鲜出炉的哈拉面包，各种沙拉，我妈妈做的浓汤还有奶酪，弟弟妹妹狼吞虎咽的声音，这才是家的味道。我渴望有一天，会像我母亲一样，成为有很多孩子的大家庭里的女主人，太阳落山安息日开始的时候，点上蜡烛，为我的整个家庭祈祷。你一定也有过这样的时候，一大家人坐在安息日的晚餐桌上。"

我们都停止了吃东西，讲的人和听的人，都在想象那样的安息日晚餐，她的是自己十八岁以前的记忆，我的是那几年在本爸爸和本妈妈那里的时光：本爸爸虽然不会戴着小帽祈祷祝福并喝红酒，可是本妈妈家的安息日晚餐不论冬夏，总在七点准时开始，满桌的美味佳肴。

"蓝，我不像你一样，我的梦想就是和一个稳重的男人组成一个稳定的家庭，平静地过完一生。而你，你是多么勇敢的姑娘呀，能抛弃自己的故土，自己的文化，千山万水地来到这里。"

"如果我说，这是神的召唤，要我千里迢迢地来到这里，还能遇见你，你不要笑我。"我自己先笑了，这笑是要消除我说这话的时候的那份"有什么东西在安排着这一切的"的那种诡异宿命感。

"嘿，我真的很高兴认识你，你是个奇妙的人儿。"艾拉每次赞扬完人，总会再点头确认。

"我们中国有句话，是佛教里的，说有缘分的两个人，要在前世修一千年，今生才能有缘同渡一艘船的。"说着话我眼里盈满了泪水，因为忧伤忽然袭击了我：我和本之间的缘分，我究竟在前世修了多少年？

"你还好吗？"她来握我的手。

"我只是忽然想起了本。"我撇撇嘴，迅速破涕而笑，"你才是勇敢的人呢，离开自己的一大家子，独自生活这些年，你是我见过的最勇敢的姑娘。"

"没有，我当初并不是真的勇敢，而是别无选择，我听到自己心底的声音，知道那个男人我是不会嫁的，和父母协商要求甚至祈求无果，离开家庭是最没有办法的办法，原来以为过一两年他们气消了，还是会再联系。"她紧抿着嘴，抬抬下颚，耸耸肩，"可是你不一样，你做了惊天动地的选择，离开你的父母，来这个陌生的国度，我们都知道，这不是一个安逸享乐的地方，而且在你们分手之后，你仍然决定在这里继续生活下去，工作，买房，你是多么勇敢的姑娘哈。"

"我其实，在中国，没有真正意义上的'家'。"我看着美丽的艾拉惊讶的表情，像在叙述别人的故事："我在出生后不到一天的时间，被人放在小镇的街上，我的养父是一个帮人搭建房子的木工，他拾到我，并抱养了我，我养母年轻时候离开家乡南下打工，传言说她其实在南方做了多年妓女，三十多岁以后嫁给了我父亲，无法生育。我七岁的时候，养父去世，养母靠各种来往的'男朋友'支持我们的生活，我拼命读书，后来考上大学，离开家乡，再后来遇到本，现在，我就在这里了，和你一起吃这个丰盛舒适的早午餐。"我讲着自己的身世,出其不意地没有怜悯自己,像在讲一个最简单的事实。

艾拉静默地看着我,我挑挑眉毛眼睛,偏头咧嘴一笑,像以色列人一样,把肩耸得老高。

一阵沉默,我们都有些出声地吃着食物。

"那你的养母还在世吗?"

"我每年会给她生活费,我们没有什么联系。"

"蓝,亲爱的,这更让我觉得你是勇敢的人儿。你知道谁是你的亲生父母吗?"她停止咀嚼,一直盯着我。

"不知道。"

"你没想过找他们吗?"

"我来以色列以前,想过,在以色列的前几年,每当和本不顺利的时候,也想过。后来搬出来住,不想了。"

"为什么呢?"

"不为什么,我以前想找他们,感觉自己需要一个出处,就是,你感觉自己像是在空气里,没有一个出处,后来,没有这样的感觉了。孤单一个人,也是一种生活,其实从某种意义上来说,不管是希望有家庭也好,还是有信仰也好,这些渴求都是正常的,也许在一定程度上能消除我们的孤独感,但是我想,我们最终,是独自被生下来,也将会独自离开这个世界的,对吗?"我看着表情复杂的艾拉。

"你刚才说的话,你知道吗?和我们《圣经》里的一段话极其相似:'我们赤裸裸来到这个世界,再赤裸裸地离开,中间的一生,好与坏,都是上帝赐予的。'《圣经》里有那么多好的东西，如果没有被后人教条化，真是读不厌的。"

"来，亲爱的蓝。"艾拉端起手边的橙汁，"为了生活，也希望我和艾米特能幸福。"

我没有立即端起我的橙汁，而是又一次站起来，拥抱和亲吻艾拉："艾拉，亲爱的，我知道，你会幸福，我真为你高兴。"

我们响亮地碰杯，一阵海风过来，我感觉到自己和本在一起那些年忧郁的神经正在一月地中海的微风中慢慢地舒缓开来。

八

　　我没有费太大力气就从LD签到五年的合同。

　　那天一上班，和艾隆说了我买房的打算，并表示如果可以的话，我希望能和LD签订一个五年期合同。

　　艾隆对于我买房的计划非常激动："蓝，太好了，祝贺你，你将会成为一个真正的以色列人了，你看，上帝多么有意思，把你从中国派到这里；公司会支持每个员工安家立业，你的工作得到管理层的一致肯定，例会我会提出来，人事部这边会做一个评估，就会有结果，等着我，我会带给你好消息。"

　　艾隆对我认为有一定难度的五年合同的反应让我有些吃惊，隔了两日，我成功销售了一颗价值近八十万美金的水滴形钻石。

　　消息传开，所有的人都来对我表示祝贺，包括那个在LD工作最久的，化妆以前是五十岁，化妆后是三十岁的俄罗斯销售皇后。

　　艾德拉总会在这样的时候发表她看到我第一天就有的见解："艾隆，我不知道你们从哪里挖出这个聪明伶俐的人儿，我见她的第一天，就知道她一定能在这里大放异彩，她进入这行的速度就是岂可恰克（希伯来土话，非常快的意思）。"说这话的时候，她还打了一个响指。

艾隆几乎有点慈祥地说："蓝，你是上帝派给我们的，感谢上帝。"

下午我就得到了公司愿意签五年合同的消息。

我拿着新签的合同和大卫去银行签署了房贷合同，约好下周三去大卫的办公室签订和开发商的销售合同。

周三我请了假，准备签好合同后去商场逛逛，想给自己买个东西，以示庆祝。

大卫在我签好合同准备离开的时候，忽然说："我记得你说，以前在中国的时候，是做媒体工作的，是吗？我收到一个邀请，是一个过世士兵的三周年纪念聚会，你，想要跟我一块去看看吗？"

我虽然从来也没有期望过，但是我知道大卫有一天会约我，只是这个邀约来得很快，也很奇特。

他说出邀请的时候，我已经站起来准备离开了。

"你知道的，我想，这很有意思，你会喜欢。"他一紧张，一句话会切成好几个句子，短短的句子，被挤出来的时候，却看着手里我刚刚签好的合同。

"听上去是个好主意，我们现在就出发吗？"我挑着眉毛睁大眼睛说。

聚会在以色列北部的加利利湖边的山上，士兵格里并非在战场上战亡，而是在特别热的天气下高强度集训时候休克晕倒的，两个小时以后，格里的战友才找到他，他已经离开了人世。

我们到达的时候，人群已经聚集在一起了，士兵生前的战友在做些后勤工作，女士兵在派发矿泉水，山头平地的那一块插着国旗，彩条围成一个大圈，还有颜色鲜艳的气球，音乐里响着的不是我们纪念死者时候的悲伤音乐，那音乐几乎让人想在开满鲜花的山头跳舞，人们三三两两地说话，甚至狗也带上了，这哪里是一场纪念，却明明是一场新老朋友的聚会。

士兵的母亲开始讲话："我永远也不会忘记格里，他是个非常贴心的儿子，我和他有二十年的快乐时光，我们全家人都感谢他来到我们的生命里，格里虽然不是牺牲在战场上，但是他仍然是我们全家的英雄，现在，他将会有一个弟弟，他将在四个月后出生，他的名字也将会叫格里，谢谢你们来参加这个聚会。"

人群欢呼起来，麦克风前的母亲，应该是近五十岁的样子，她的丈夫和另外两个已经是成人的女儿站在她的身旁，加上她肚子里的孩子，这是相亲相爱的一家人。

聚会完了后，我们顺着开满鲜花的山侧往下走，加利利湖在戈兰高地的山脚如一块温润的玉，有快艇在波平如镜的水面快速行进，荡出美丽的鸟尾一样的水纹。

回程的路上，我一直沉默着，大卫仿佛不能忍受沉默似的，开始絮絮叨叨地讲他自己的家世，和很多以色列家庭一样，都有二战的阴影和大屠杀的余伤。

我并未和大卫谈到过我的身世。

我那晚失眠。

我失眠并非因为大卫的人生故事。无法入睡的我，走进洗手

历的若干战争，无数明知不能为而进行的和平谈判，无法预料的自杀式袭击，他们从这些年的时光里，一代一代用鲜血浸染出来的理念：眼泪救不了你，只有比你的敌人强大，从身体到灵魂，才是唯一的真理，不管这个敌人是你周围的阿拉伯人和国家，还是你生活中的难题，你生活里必须面对失败和无处适从！我甚至记得看到的以色列右派的标语：和平不会在哭泣和谈判中来临，和平是打出来的！

白天的聚会，一个纪念逝者的聚会，不是为了哭诉，而是为了告诉生者，活着的人，有多么强大，为了死者，也为了生者，近五十岁的母亲再次怀孕。死者已逝，而生活，生活必须向前。哭泣是没有用的，用笑来面对你的敌人，才是无敌的，无论这个敌人是你的邻居，你千世的仇人，还是你自己。

把酸柠檬变成柠檬汁。他们会说。柠檬本身是非常酸的，可是柠檬汁是甜的，为什么？如果你手里只有酸柠檬，你别无选择，你得往里面加糖，然后开心地喝掉它！这是本想告诉我的，他只是理所当然地认为，他的那一句"眼泪救不了你"，我听得懂。

九

　　我开始供房贷以后，从交友网站上撤下了自己的信息，给一些翻译公司投递简历，因为中以两国不断加深的交往，我时不时会在业余的时间做一些口译和笔译的工作。那个酒会的口译工作是由以前的一个老客户介绍的：以色列的某个超级富人和中国北方某集团签订了一个奶牛养殖的巨额资金合作协议，当晚是庆功酒会，考虑到中国过来的代表团英语有限，就请懂中文的人，在现场吃吃喝喝，交流过程中如果需要翻译，双方可立即找到人。

　　我是在酒会快结束的时候才看到丹的，他在花园里的游泳池旁的芭蕉树下跟我举了举杯，有几秒钟我没有认出他来，他穿着很正式的格子衬衫，这次脸上的胡须不是刚刮过而是长了一两天的样子，他看上去有点点颓废，可是这只是给他的魅力添上一道光环。我想我满场乱转，被不同的人抓着做翻译的情景一定早被他看到了。何况我那天穿着藏青底配紫红大花的短旗袍，看上去无比中国，恐怕我在踏入那有着巨大的游泳池的大院子的第一分钟就被他看到了。

我正犹豫着要不要过去和他聊上几句，或者喝点东西。他仿佛为了打消我的顾虑，对我招手，像老朋友一样。我踩着高跟鞋，微笑着，偶尔对挡路的人说对不起，他注视我穿过人群，走过去，展开那个后来他告诉我的迷人的笑容。他挪两步，转身站到吧台前迎上我，说："你工作太努力了，来，奖赏你自己喝点什么？"

他显然喝了些酒，这个喝了酒的盛年男人，鬓角有几丝白发，还是用一样的香水，在灯光下满眼温柔，像是多年的邻家大哥。

我要了杯加冰的柠檬水，想到他和我老板是多年的客户关系，总不好让他知道我在工作之外还做兼职，便说："你看，以色列说中文的人太少了，他们实在找不到人帮忙了，所以我就来客串一下。"

"是啊，我在以色列就认识你这么一个中国人。艾威要是找我帮忙，我也只能去找你了。"

"艾威？"

"啊，这个酒会的老板，他是我的客户兼老友。"他从吧台里接过我的饮料，轻轻地递给我。

"你是说，这里很多人，都是被你'拷问'过的吗？"我大喝一口加冰的柠檬，绽放一个清凉的微笑。

"是的，可以这么说，这里为艾威工作的人，都被我'拷问'过。"他挑挑浓浓的眉毛，同时耸耸肩，一副无可奈何的样子。

我咧嘴一笑。说："其实，你的工作，蛮有意思的，可以正大光明地问人隐私。"我的前半句，引起他的兴趣，后半句让他大笑起来。

他正要开口说什么，有个中国女人跟我招手。

转身放下杯子，我说，忘记我在工作了，正准备过去，旁边有个女孩子凑上去帮忙了。

我对他耸耸肩，没有重新端起杯子来的意思。

他还是盯牢我说："你在工作，我就不打扰你了。"

"很意外，也很高兴在这里见到你。"我说。

"下个周末是独立日，我和朋友们烧烤，你来吗？"

我有些蒙了，不明白这是怎样一个邀请，在以色列，独立日视为烧烤日，独立日一般都在五月，地中海五月几乎是准干季了，但是还不算特别热，通常都是蓝天白云的好天气，当日很多人会挤在特拉维夫海边看各种军方的飞行表演，剩下的，要不在公园里和朋友聚会烧烤，要不在家里忙着烧烤，整个国家的空气里都是肉在火上烧的味道。

"好呀，你给我电话。"来不及细想，我从坤包里拿出名片，不是代表钻石公司，而是用中文写着：蓝，翻译，专业钻石咨询。反正他不需要看懂中文，我的电话号码他总是能找到的。

他同时也熟练地递过来自己的名片。

他什么时候离开的我并不知道，我在那个酒会尽职地翻译到宾主尽欢，拿了我的工资，打车到家的时候，已经是半夜快一点，我将那三百美金的现金放在一个鞋盒里，将受尽折磨的脚从高跟鞋里抽出来，放到温水里浸泡，再从坤包里找到他的名片，名片上写着他的全名：丹·科恩。HL公司合伙人之一，高级人事安全顾问，测谎专家。

丹·科恩没有电话邀请我去烧烤。那个以色列的独立日，我在特拉维夫海边和成千上万的以色列人看独立日空军的飞行表演。

他也没有在接下来的时间给我电话。

再次见到他的时候，是我在钻石公司工作两年后的常规测谎检测。

十

艾拉在告诉我和艾米特的计划以后，我们的周五早餐变成了几乎一月一次。

大卫总是约我，我尽量把见面的时间固定在一周一次：我们要不去公园散步，或者去餐厅，偶尔去不吵闹的酒吧喝喝东西。

大卫已经快四十岁了，曾经有个十多年的女朋友，她为孩子们筹办生日聚会，自己扮演成小丑，给孩子们讲故事或者表演故事，我相信一个女人做这样的工作，一定是喜爱孩子的，为什么他们十多年没有结婚，也没有要孩子，我并不知道，也无意打听。

有个周末，大卫邀请我去他家，他说他曾经学过一个如何做泰国菜的课程，所以，如果我愿意，我可以做中国菜，他可以做泰国菜。无论和大卫去任何地方约会，我都坚持自己付自己的钱，以色列像样一点的餐厅贵得离谱，并不是每周都可以光顾，所以，我接受了他的邀请。

我们先在小区的小超市买食物，我决定做个宫保鸡丁和油浇生菜，结账的小姐看着我笑，也看着他笑，有些暧昧地问些什么，我弄不明白他们是朋友还是只是认识，尽量用着不会让她有任何猜疑的表情和站姿。

走路回他公寓的路上，他不停地解释，说他讨厌在这个杂货店里卖东西的女人，因她总是很八卦，自从他那个交往十多年的女朋友不出现以后，她先是会旁敲侧击地问，然后偶尔他有女性朋友或者亲戚和他一起出现在那小超市，她就总是暧昧地问些问题。

我倒没有觉得。我说，可能我们文化不同，我和你对她的行为反应不一样。他很认真地松了口气，说，只怕冒犯你。

"也许她喜欢你。"我偷眼看他。

"怎么会！"他提高嗓门："她早就结婚有两个孩子，你知道，在以色列这个地方，超过三十岁不结婚，关心你的就不仅仅是你的父母家人。"他说这话，过来从我手里抢过去一个口袋，说："不好意思，怎么让你提这么多！"

大卫的公寓在倒数的第二层，风景绝美，可以看到耶路撒冷各个山头高高低低地闪着灯火，可是房间却乱得像一个流浪汉的屋子，书架上满是灰，客厅有套奇怪的红色皮沙发，旁边摆着一个半新不旧的跑步机，对着电视机的地方，却是一张以色列人户外用的塑料椅。他告诉我，因为常年对着电脑工作，那套我认为可以用"可怕"来形容的红沙发让他背疼，所以，他通常会在吃晚餐后坐那张塑料凳上看会儿电视，而周末他则在跑步机上看电视。他的厨房并不比客厅好，橱柜里都塞满了常年不动已经过期的食物，冰箱更是惨不忍睹，全是超市里的熟食。

"你知道，我想这个家需要一个女主人。"他意味深长地看着我，我给他一个很无辜很没有意义的微笑。

他继续带我参观其他的房间，他的睡房的角落的墙上挂着一个小电视，衣柜有一侧门坏了，里面无比拥挤地挂着无数的衬衫：我看到一个单身男人绝望无助的生活场景，我也看到那个曾经绝望无助的在感情里挣扎的自己。所不同的是，那时候的我，总是在临近绝望的时候，把屋子里的衣柜橱柜收拾得焕然一新，而这个男人，和我恰恰相反。我很快意识到我厌烦他并不是真的，我其实是厌烦那时候的自己，这个男人的一切都提醒着那个和本一起生活的我自己，真是奇怪，我忽然有些理解本，现在的我自己也不喜欢那个自怨自艾在命运面前束手就擒的中国女子。

做饭的过程并不顺利，他没有适合的工具，找不到没有过期的酱油，或者一个对应的炒锅的锅盖消失了，盘子被找出来以后，是很久没有用过的样子，需要重新清洗。他围着我团团转，还要忙着记录下我做菜的过程，他说，因为这样，他下次就可以做给我吃了，他甚至像个惊喜的孩子一样说，他可以在网上对我进行包装和销售，"你完全可以开一个中国菜的培训班！"他说，是真心实意的样子。

等到我的两个菜折腾出来，我们发现时间已晚，而他想要做的泰国菜也因为忘记买其中一味调料而放弃。

我一般做宫保鸡丁的时候都会把辣味降低，可是那晚我有点烦他围着我团团转的惊喜样子，辣椒放得很足。

但是大卫吃得很香，不停地称赞着美味，他的大光头在灯光下泛着光，他那永远也晒不黑的脸上挂着细细的汗珠，喉咙里发出吃饭时咕噜咕噜的声音。为什么以前在餐厅吃饭的时候，没有听到他这种讨人厌的咕噜咕噜的很满足的声音？我静静地吃饭，静静地看着他，我看到那个在很多晚餐桌上心中委屈却又无法和本交流的我自己，我想，那时候的我，和大卫是一样的，虽然我们表现出的症状不一样：我们在乞求爱。

那是我在踏入他的公寓的第一步的时候就想结束的晚餐，可是大卫无比尽兴，无比快乐。我不明白为什么一个男人不收拾或者不雇佣人收拾一下他的屋子，就邀请一个女性来做客，是希望将来她能为他收拾，还是觉得展现最真实的自我才是最重要的。

我接下来借口身体不舒服有三周没有见他，他在要求来看我不得以后，生日那天送到LD一大束花，还好他没有送一大束玫瑰花，要不然我觉得自己立即就要与他绝交。更何况我从来不庆祝生日，那个我被抛弃的日子，永远不要被提起才好。

十一

我的人生好像忽然开始转运了，在售出那颗八十多万的水滴形钻石后不久，我再次刷新了自己的销售纪录，这次是忙碌了一整天，销售给了一群疯狂购买的中国女人近一百二十万美金的钻石首饰。

找不到人分享的我，立即给艾拉打电话，可惜她正在做志愿的社工工作。于是，我接受了大卫的约会。

我们开车到耶路撒冷荒郊野外，那是一家藏在几棵参天大树下的两层楼的咖啡馆，从外面只看到浓密的树阴里隐约的灯光，高空间的两层咖啡厅看上去像是废弃的工厂改装的，一进去，才发现里面几乎爆满，幸亏大卫提前订了座，我们在楼上靠窗的位置，窗外有一树开着金黄色串花的黄金雨树，风一来，黄色的花瓣就跳着舞，回到地面。

若是在以前，这样的情景，必是多少有点"黛玉葬花"的落寞，遂即会生无限感慨。可是今晚，我只觉得那是生命生生不息的轮回，花掉了，只是滋养了树，明年定会再回来。

看我好心情，大卫也莫名地兴致高涨。

我们开始喝红酒。大卫讲他白天成功主持拍卖的一处房产，非常顺利，价格还不错，他喜欢这样的交易，卖后可直接提取佣金。

"你为什么不想做庭审律师？啊！不好意思，问起这个你不喜欢的话题，如果你不愿意，可以不说。"

"我不喜欢法庭上互相交锋的那种感觉，在那里，你只有置人于死地才算赢，有时候，你不得不为了你的客户，说连篇的鬼话，说到最后，你就像吃了药一样，不得不相信你自己。"

"你是说，那是一个很不温情的环境？"

"你知道，有时候，为了打赢官司，你不得不去揭开那些丑恶的事情，这是人的本性，甚至就是我现在做的房地产，也有老人死后几个兄弟姐妹为了争夺一套房产，闹得天翻地覆，六亲不认的。我以前的女朋友老是逼着我去做庭审案件，因为挣钱多。"

"大卫，你们为什么分手？"

"你说什么？"

"你和你前女友。"

"她不是我想要的女人。"

"是吗？"

"她有时候会犯神经质，也很自私，她想控制我，用阴险的手段通过我得到她想要的结果。"幸亏他没有拿犹太人惯常的以问作答的方式来问我"那你为什么和本分手？"

"举例说明。"

"有很多例子，你看我胖，都是她一手造成的，她给我各种垃圾食品，因为如果她的男人变得又胖又老，谁还会跟她抢呢。"

"可是，如果你不吃，她不会强迫你，对不对？"我看着光头而发胖的他，无法想象他以前有头发而不胖的样子。

"可是，她明明知道我喜欢那些垃圾食品，却故意这样做，这对我来说，是难以抗拒的，而且是到了后来，我才意识到她的目的。"如果她不做，他会不会说她懒？

LD卖场里面的老太太艾德拉有一次跟我抱怨一个俄罗斯姑娘，有点说她自作自受的意思，她当时用了一个犹太人常用的谚语：自己铺的床，自己得睡。眼前这个高个头有点胖的像孩子一样委屈的男人的问题是，她给他铺了床，而他因为自己的软弱而无法拒绝睡在上面，那么他的问题是什么呢？他的问题是他应该自己给自己铺床，而不应该让她铺。

"也许，这不全是你的错，我们很多人，都喜欢吃垃圾食品。"

"她想建立一个网站，你知道的，她的工作是扮小丑，给孩子们庆生。"

"那应该是一个很快乐的工作。"

"她经常不快乐。其实那个工作很挣钱，每个月只需要做两三个PARTY就行了。然后我投入了很多钱，帮她建立这个网站，可是她并不用心做，你知道，我投入了很多钱。到最后，这些钱都打了水漂。"

"大卫，我记得你跟我讲过，你在参加一个灵修的课程？"

我想，如果继续下去，也许他会告诉我她在床上也不是一个好女人。

"是的，你感兴趣？"

"你们有几个人？"

"八个吧。"

"有几个律师？"

"三个……你为什么这么问？你为什么知道不止一个律师？"他有些尴尬地笑。

"因为我想，做律师其实很不容易，特别是庭审律师。"我们对视，哈哈大笑起来。

那晚喝到最后，我开始讲本，除了偶尔在艾拉面前提到本，我从来没有在任何一个人面前讲本，更何况是一个男人，这个男人好像在努力追我。

"我不认为本是一个人品有问题的人，他很认真，工作努力，生活简单，非常节约。"听上去，我像在为他辩护。"他只是忽然很沉默，从黎巴嫩战场回来后。2006年的那一场黎巴嫩战争，你知道的，他本来话不多，可是后来越发沉默了。我觉得他在故意用沉默疏远我。"

"他没有对你打开心扉，按照我们灵修课程里的理论来说，就是他没有吸纳你，他是排斥你的，你们就像两个不断旋转的球体，如果他是吸收你的，两个人最后会变成一个一起旋转的球体，如果他是排斥你的，不论你多么努力，你最后都无法进入他的轨道。"

"也许你是对的，可是我不甘心，我想知道原因。我们从中国回到以色列，在他去军队以前，有一天，我们去海边散步。他说，他不介意要三个孩子。"

"三个孩子不错。"他打断我，可能是因为喝了酒，几乎有点含情脉脉的，可是他的大光头又开始冒油光。

"我的意思是说，他虽然言语不多，但也是个像很多犹太人一样想早一点成家立业的男人，我们一起在中国旅行的时候，我认为他是一个可以信任的男人，我们之间没有那种你说的排斥。后来从黎巴嫩战争回来，却完全变了一个人。也许是本身我们认识的时间就不长，再加上我那时候还是个很'纯粹'的中国人，我的意思是说，我还没有融入以色列，我还没有了解犹太人的思维方式，除了两种文化的思维方式不同造成的问题。还因为语言，我像个跛脚的人，要去某一个地方，连找公交车都需要他帮忙，他从黎巴嫩战场上回来，忽然非常沉默，完全没有耐心，有些东西忽然就向着不对的方向去了。"

"没有在对的时间遇见对的人。"为什么这句话，他们以色列人也有？

"也许吧，我那时候总是觉得，有什么东西被误解了，扭曲了，需要纠正过来。我试图找到答案，并解决问题，不过我的盲目努力只得到沉默的回应。"

"你爱他什么？"

"你爱她什么？"我以问作答。

"我想我没有爱过她。"我忽然对他有些鄙视，你如果没有爱过她，为什么和她生活十几年？就因为你无法离开她给你做的垃圾食品吗？我也忽然有些鄙视自己，鄙视那个欲罢不能，被本一次次地以旅行来避开，而依然不肯说再见的自己。

"可是你们一起生活很多年！"

"你知道，有时候，生活变成了习惯，一个难以改变的习惯，最后你就成了那个习惯。"他叹息一声。

我从来没有习惯过，在和本一起的日子里，我每天每夜都在等，等那个沉默的像冰冻了的石头一样的男人有一天忽然解冻了，有正常的温度，想和这个他在珠峰大本营碰到并施以援手的中国女子养育三个孩子，三个，全是自己的骨血，他们长大后，知道自己的父母是谁，而且他们知道自己的父母爱着他们。我一直都在等，我想告诉他，我希望他能感觉到，可是他只是在自己世界里不管不顾，我在等待中失去过耐心失去过信心，我曾经哭泣，在心里乞求，或者疯狂地企盼奇迹，或者假装闭上眼睛，闭上耳朵，不见不闻，我和大卫，我们谁更悲哀一点？

"你爱他什么？"大卫盯着我，殷切地等着答案。

"我想我爱他的坚韧。"他没有等到想要的答案，眼睛里的光暗下去。

"我说不上来，我只觉得他骨头里有一种几千年的坚韧。"我不在乎伤害到大卫，是他要坚持问的。"他爱他自己的国家，是个有担当的男人，我想说的是，他祖辈的苦难，他还扛着，我感觉他会是这个国家将来的中流砥柱，是那些会在最前线保卫自己祖辈打下的江山的青年，只要这个国家一声召唤，他就可以义无反顾。"

"可是，这些是与你无关的。我的意思……"

"你说得对，大卫，也许这是我们分开的原因，他在他自己的世界里，我进不去，而他也没准备打开他的世界给我，不过我来以色列以前，和他一起旅行，那时候，他不是那样的，也许是那场一个多月的战争。"

该死的大卫，也许我应该早一点遇到他，也许有人应该早一点告诉我，他的世界，是与我无关的，我们只是那么短的交集，他虽然只有二十多岁，可他的血液里流着祖先几千年流浪过程中渴望回到故土，安居乐业的坚韧期盼，他从小接受的是本爸爸以及以色列犹太民族的带有强烈烙印的教育，而我却是一个没有根，一心要从自己短短的历史里出逃的灵魂，也许他忽然意识到他其实需要的是一个犹太女人，在军队磨练过自己的体魄和灵魂，骨子里流着父辈坚韧而顽强的血液，和他一样坚韧，这样，他们的三个孩子，才会像他的父母一样，在这个疯狂的世界存活下去，也许，这就是他在黎巴嫩战争中悟来的，他怎么会接受那个哭哭啼啼，被他故意忽略怠慢也不反抗，而只是一味忍让等待的"中国式"女子。

"我有个表弟，他的一个战友，在黎巴嫩战争以后完全变了个人，我想说的是，也许战争中发生了什么。"也许，也许战争中发生了什么，也许那里耀眼的爆炸的火光让他的双眼看不清眼前的我，也许那里曾有的呼啸的炮火以及枪声让他的耳朵再已听不到我说的任何话，所以在我这里，他选择沉默，他选择闭上双眼。

这就是我的问题，我是一个外来者，一个外乡人，我的祖辈亲人朋友没有为这片土地抛头颅洒热血，所以我才可以这样置身事外地说，不全是阿拉伯人的错，虽然在情感上，我喜欢这些犹太人，真真实实热热闹闹地活着。

那夜，这一树黄花下的咖啡馆里的一瓶红酒被我喝掉一大半，本，他也许只是后悔爱上了一个外乡人，当他结束旅行，回到自己的故土，面对真实的黎巴嫩战争的时候，他早已经不是那个在路上旅行两年，吃陌生的食物，看陌生的风景，只长头发胡子和睫毛的男人了，他是一个地地道道的以色列出生的"犹太人"。

回程的路上，大卫絮絮叨叨地讲他的那个灵修课程："我的导师说'你在生命中，遇到的每一个人，都是有原因的，他们是你的镜子，让你看到你没有看到的自己。'"

他说他喜欢极了这句话，说的时候，他看着我。

我想，大卫的导师是对的，我遇到本，以及我遇到大卫，这些都是有原因的。你看，我的经理艾隆也说过，一切的发生，都是有原因的。

是的。我遇到本，遇到大卫，遇到大卫以后的谁谁谁，都是有原因的。我迷迷糊糊地靠在副驾驶上，如释重负，如果一切都已经安排好了，我除了接受，还能做什么呢？

从那次见面以后，我再也没有赴过大卫的约。

十二

那天回家的路上，公交车司机忽然把电台音量调高了："政府再也不能忍受两周多来从加沙发来境内的火箭弹，忽然在白天袭击了加沙地带的哈马斯多个军事目标，成果最明显的是，哈马斯武装人员在聚集的时候遭到以色列国防军的空军轰炸，死伤严重。"

当晚我预感到局势明显变坏了，耶路撒冷头顶上的云层里轰轰地传来以色列轰炸机的声音，像极了2006年，本接到通知被征召回部队的那一晚。

第二天，以色列政府宣布，为了阻止更多从加沙发射到以色列南部的火箭弹，国会同意召集五万后备役军人回到部队，北边戈兰高地上的坦克正在被征召回南部边境，地面军队两天就可以在以色列和加沙边境集结好，只等一声令下，随时准备地面进入加沙。

那个周五晚上军队就进入了加沙。

周末的时候，我一直在纠集着，要不要给本发个短消息。

从搬出来到现在，我们从来没有联系过，这是一个通讯多么发达的世界，在一个如此小的国家，从北部边境开车到南部边境只要九个小时，而从西部到东部最窄地方的国土，开车只要三十多分钟，我们两个相隔千里却同时旅行到珠峰大本营去碰面的人，现在，生活在比北京大不了多少的这样一个小国家里，却没有发过一封邮件，一个短消息，一通电话。

局势一天比一天更坏，几乎每天都有士兵牺牲的消息。LD的人空前的团结，凡有士兵牺牲的消息，大家都忽然沉默地盯着电视机，或是看到哈马斯火箭弹摧毁了南方居民房屋时齐声诅咒。我有时候会成为他们倾诉的对象。

在LD里，以前从欧洲回来的犹太移民和非洲或者亚洲国家的移民偶尔会小小的互相"讥讽"下；以色列土生土长的犹太人会嘲笑那些从俄罗斯移民回来的所谓的犹太人：他们居然吃猪肉，而且还会庆祝圣诞节，可是他们却说自己是犹太人，这不是天大的笑话吗？戴基帕帽的和不戴基帕帽的也会有些闲言碎语：艾德拉会说："你看，那些信教的犹太人，我难以相信，他们那么轻松地把一切交给上帝，如果有孩子在战场上牺牲了，他们不会痛不欲生，他们会说，这是上帝的旨意，可是，亲爱的蓝，那是你自己的孩子。"她把手放在心口，这对我来说，是难以理解的；我的经理艾隆有时候会自豪地说："蓝，你知道，和你们相比，我们有一个很'绿色'的周末，因为守安息日，我们不能动火，不能开车，不能开灯，更不能开电脑还有手机，我们唯一做的，就是静静地读书，还有一个长长的午睡，这是一种非常健康而绿色的生活，等到新的一周开始了，你会觉得你充足了电。"

这些曾经互相取笑的犹太人，现在空前地团结一致。

玛萨的第一个女儿的父亲被作为后备役召回了部队，她笑着跟我说，那个死鬼要是为国捐躯了，她倒是会好好地去哭他一场，刚说完又猛烈地敲桌子，说："呸呸呸，为着我的女儿不能没有爸爸，但愿这件事情不要发生。"

休息室里整天地播着加沙的战事，场面比2006年黎巴嫩战争的时候要好一些，游客迅速地减少，战事开始一周以后，LD宣布关门一周。

以色列国防部决定进一步深入并加大打击力度，又有一万六千名后备役被招回了军队。还在服后备役的艾米特当晚被召回部队。艾拉担心得睡不着觉，我们挤在沙发上，我试图给她讲我在中国旅行时候路上的故事，或者我会随便捡起一本书，读一些段落给她，或者想做一杯冰咖啡给她，让她那焦虑的心脏平静一点。

艾拉一直心不在焉，心情烦躁，就像她有心灵感应一样，第三天一早，接到了艾米特爸爸的电话——事情发生在以色列政府同意的四个小时的人道主义停火时间，就是说，在这四个小时里，各种食物，水，医药品等各种平民所需要的东西可通过以色列输入到加沙。艾米特和战友驻守在某栋建筑旁，平民在街上走动，领取东西，有人靠近他和另外的两名士兵，他们没有来得及成功地阻止他靠近，自杀式炸弹被引爆，那栋建筑的地道里钻出更多的哈马斯成员，又有六个士兵受伤，艾米特是牺牲的三名士兵中的唯一一名后备役，其他两名都是20岁的孩子。

艾拉没有哭泣，没有尖叫，我抱着她，紧紧地抱着她，感觉到她的身体因为忽然的悲伤而越来越紧，最后像一块瘦弱坚硬的岩石，越来越沉：当每天阵亡士兵的名字忽然和你所认识的人对上号以后，你才发现，死亡如此真实，像爱一样强大，瞬间可以淹没世界，难以相信，那个有些消瘦的带着微笑和爱意看着艾拉的三十一岁的男人，再也不会来敲门了，他上周五还来接艾拉去家里过安息日，他们一直在商量婚礼，他们也计划，要生一堆孩子。

　　葬礼于当天下午两点在位于耶路撒冷的烈士墓园举行。

十三

　　那是一月里的晴天，雨季里的晴天在这墓园的上方美得可怕。

　　军方墓园在耶路撒冷最北的一个小山坡上，墓碑像列队的士兵一样排开去，是一个特别大的阵列，从参天的松柏，你能看到这个国家埋葬他们的士兵的历史比这个国家建国的历史要久远很多，山坡高处的墓碑和对面湛蓝的天幕下的山头沉默对望，白色的墓碑上，用黑色的希伯来文写着逝者的名字、军衔、出生和牺牲的日期，以及他们父母的名字。

　　墓园里聚集了上千人，艾米特的家人，他的同学，他的战友，他的同事，他的邻居，那些直接认识和不直接认识的人，站在绚丽的阳光下，等候和他最后道别。我站在人群的外围，盯着和艾米特家人在一起的艾拉，艾米特的祖父，父母，以及三个妹妹，通通都穿着撕破了衣襟的衣服——很难相信，他刚去战场三天，回来的时候，就只是一面国旗覆盖着的棺木，他们需要撕破衣襟，这撕破的衣襟表示他们失去了最亲爱的人，同时，这是一个暗示，给那些忽然失去亲人的家人提醒，他是真的去世了，从此阴阳两隔。

艾拉因为还没有和艾米特结婚，所以她的衣襟是完好的，但我知道她的心不只是像那些撕破的衣襟一样裂开了缝，那里还有个洞，她需要用很长时间，或者一生，去把那洞补上，也许永远都补不上了。

我远远地站在高处，越过悲伤的人们头顶上的基帕小帽，看着艾拉，只希望她别在强烈的阳光和悲伤下晕过去。

六个和艾米特一样军衔的军人抬着覆盖着国旗的棺木缓缓向着墓穴的方向走过去，军方里担任犹太会堂的领唱职责的军人开始吟唱：

人，如同树，在田野间

人，像树一样生长

也像树一样被砍伐

我不知

我来自何方

将去向何处

人，如同树

人，如同树，在田野间

人，如同树，想要长得更高

树，如同人，会被火焰吞没

我不知

我来自何方

将去向何处

人，如同树，在田野间

爱过，恨过，

这些我都经历过

我被部分埋葬

唇齿将翻过苦涩

人，如同树，在田野间

人，如同树，在田野间

如同树，人会渴

如同人，树会干

我不知

我来自何方

将去向何处

人，如同树在田野间

……

几十米的距离走了好久，世界静得只有风和某个角落压抑的抽泣。他们轻轻将他放在墓穴旁边的地上。

艾米特的父亲开始祈祷：让我们祈祷和平降临到我们每个人身上，降临给以色列。

"阿门。"众人和艾米特的父亲一起说,包括我。

艾米特的祖父开始讲话:"艾米特,我很高兴你的祖母在几个月前去世了,我为她高兴,因为她不用经历这白发人送黑发人的时刻。从欧洲逃难回以色列的时候,我们的国家还没有建立,在我这一生经历各种战争的时候,我总是祈祷,我的儿子再不会经历任何战争,当然我的孙子也不用。可是,你看,艾米特,我们的英雄,这只是美梦而已,从十九世纪六十年代,那时候开始,甚至大量的犹太人没有再回到以色列,在以色列一直生存着的犹太人就已经遭到阿拉伯人的杀害,到今天,到你这里,已经有23323个犹太人被杀害了,艾米特,现在,这个23323就是你,你就是这个数字。艾米特,我们为你骄傲,我只是已经抛弃最初的我的儿辈孙辈都不用上战场的梦想,我想,我们应该总是磨亮手中的剑,停止幻想。"

艾米特的指挥官介绍了艾米特从一个三年的新兵到后来后备役服役期间的样子;他的战友讲述了他们认识的艾米特;他的高中班主任讲述了那个时候的艾米特;然后是艾拉。

艾拉穿着青色的毛衣,像一片叶子一样站在麦克风前,艾米特的大妹妹和妈妈分站两边,搂着她:"艾米特,我亲爱的,我只希望我早一点遇见你,这样,在这样的时刻,我们曾经梦想的孩子,会站在我身旁,站在这里,我们会一起为你感到骄傲。"

我听见风的声音,我听见自己的呼吸,我听见自己心跳的声音,我听见某个角落里没有成功压抑着的哭泣。我亲爱的艾拉,她没有哭泣,没有失声,她像片瘦弱的叶子一样,在强烈的风中摇摆,却没有坠落。

那六个和艾米特同样军衔的士兵慢慢走过去，抬起艾米特的棺木，缓缓地准备将他放入墓穴，艾米特一直静默的妈妈忽然说："慢一点，请慢一点，请让我和他说再见。"

她走上前去，用双手颤抖着抚摸那棺木，并亲吻它，前排的几个艾米特的战友抱成一团，有人控制不住失声痛哭，世界忽然充满了哭泣的声音，我看到艾拉闭上了眼睛。他们将他缓缓地放入墓穴，在艾米特家人的面前，将他埋葬。以色列国防军放上花圈，艾米特的军区各个级别的代表放上花圈，有个叫"孩子之手"（全是失去士兵的家庭成员）的组织放上花圈，他的朋友，他的战友，他的同事，他们用鲜花织成的花圈，将那垒新土严严实实地盖上了。

领唱开始祈祷：

将你放入地下，
我们感到如此难过，
但这是犹太人千百年来的传统，
现在，你在上帝的手里，
上帝啊，请你接纳他并作出你的决定！

"阿门！"所有的人一起说。包括我。
六个士兵排成行，对着天鸣枪三次。

十四

葬礼后我试图陪着艾拉，我多希望自己能找到艾拉母亲的电话，也许她看到了电视里的艾拉，虽然艾拉曾经告诉我，她父母家没有电视，她们也不看电视，可是也许情况不同了，或者他们的某个邻居开始看电视了，他们看到了艾拉，然后去告诉了她妈妈，她应该来看看她，也许她应该原谅她，她是一个多么坚韧而乐观的女孩子，独自生活了这么多年，而她想要的不过是一个家庭，生很多孩子。

我胡思乱想，无计可施。

艾拉自从葬礼后就没有哭泣，她也没有参加艾米特家里的一个星期的守孝：犹太人家里有人去世，亲人会待在家里一周，接待吊丧的人，他们只能坐在地上，那表明他们很伤心；衣襟需要撕破，表示失去了亲人。可是艾拉只是未婚妻，她不用撕破衣襟，也不用守那一星期。

"我不能，也无法待在那里。他的那些亲戚，朋友，同事，战友，会到家里来，一次又一次地告诉我，他已经过世了，我不能待在那里，我会疯掉的。"她浅蓝色的眼睛，不知道为什么，变得浅灰。

她整天捧着《圣经》阅读，安静得出奇。我有时候试图在屋子里弄点声响，或者想做点什么食物给她。

她有天读着《圣经》，忽然自言自语地说，这是上帝在惩罚我，这是他在惩罚我没有嫁给他指定的男人。

我走过去，坐在她对面的茶几上，把她手里的《圣经》拿开，握着她冰凉的手，说："艾拉，请看着我，艾拉，我养父是个好人，他在我被抛弃后，捡到我，并收养我，他会在劳累一整天后把我抱到他的膝盖，他会动手用木头给我做玩具，他去世的时候，我养母说是我克死了他，我养母还说，我生母生下我后就死了，也是我克死了她，艾拉，这些话我养母时不时地说，我离开她后，这些话一直跟着我，和我生活了几十年，艾拉，亲爱的，《圣经》里面说'万物皆有时'，艾拉，你是知道的。"

艾拉终于大声哭出来。我拥着她，轻轻地抚摸她瘦骨嶙峋的背部。

第二天早晨我在厨房里煎香蕉蛋饼，艾拉走过来，从后面抱着我的腰，把头靠在我背心里那块凹进去的地方，像纸一样轻，她深深地呼吸，说："蓝，亲爱的，你为什么不去上班？""我们本来就休息。""那么，蓝，亲爱的，我想一个人在屋子里待一下，你可以去找朋友吗？"

我转过头看着她，仔细地盯着她浅蓝而灰的眼睛看，试图读懂里面的讯息。"是吗？"我说。"是的，我想要一个人待一阵，我需要这个。"她居然给我一个浅浅的笑容。

我再看她一分钟，忽然像个以色列人一样，那么真情地去轻吻她的脸颊。

"好，"我说。把香蕉鸡蛋饼摊到盘子里："我答应你，你也答应我，和我吃完这早餐，然后，我就出去找朋友。"

我一个人去海边，可能因为战事，可能因为是正常的工作日，海边冷清许多，我在咖啡馆一坐几小时，翻看一本旧杂志，在服装店盘旋，没有任何购买欲望，偶尔有牵狗的老人和推着婴儿车的妇人，地中海蔚蓝沉默，这世界的某些角落，正在发生厮杀。

我给本发短消息。

"你好吗？"我用中文发出去。

"我还好。没有被召回部队。"他忽然那么善解人意，知道我想问什么。"那就好，印度旅行如何？"好像昨天他才从印度回来一样，好像我必须要把他不在的这近两年生生地挤落掉一样。

"我们能见面吗？我可以明晚去耶路撒冷找你。"有些东西是很难改变的，他像以前一样，不喜欢发短消息。但是他如果能来见我，说明真没有被召回部队。

我们约在中餐馆见面。

我想我忘记他有多高了，他出现在路灯下，强壮得像一堵墙，眼睛依然深黑如洞。我们认出彼此的一刹那，我对他展开笑容，他的长腿跨过来，微笑着，拥抱我，说："见到你真好。"他身体那么坚硬，一点都没有改变。我酝酿储备了一整天的力气让我没有哭。

虽然南边正在进行轰炸和交火，耶路撒冷这家著名的中餐馆居然照旧生意兴隆，这情景让我想起那年本在黎巴嫩前线，本妈妈生日的时候，我们出去餐厅吃晚餐。我放眼一望，想，也许，这里坐着的人中，有人的男朋友，丈夫，儿子，或者父亲，正在加沙——以色列的生活，像是真实的戏剧，每天都在上演，和平的时候，打仗的时候，从来没有停息，这是我爱这个国家的原因之一。

以色列人有他们自己的生活哲学：不管发生了什么，生活总得向前。甚至在自杀袭击发生后不久，街道立即会被清洗干净，人群会迅速地散开，附近的咖啡馆照常营业，喧闹的PARTY一样在海滩上举行。这个民族在最戏剧化的生活里，最现实地做到了"活在当下"。刚来以色列的那些年，我只是一直活在自己的戏剧里，未及欣赏这整个民族的更大的"真实的戏剧"生活，这是我和本曾经不愉快的相处的原因吗？

我们很认真地看着菜单，我坚持点了四个菜。

"太多了。"他笑着说。

"我非常想念你做的菜。"他接着又说，带些羞涩。

"没事，我请客吧，说好了，我请客，我刚卖了一颗大钻石。"我对他笑，边跟自己心里幽默，中国菜比一个中国姑娘更有杀伤力：发现那个面对他的中国姑娘比我想象的要坚强许多，更像一个以色列女人，我为自己高兴。

他不解地看着我，这个长睫毛大眼睛的犹太男人，还是那样俊美。

"我换了工作，在一家钻石公司，收入比以前好些。"这真是一件憾事，在他眼里，我只是那个穿着徒步鞋，背着大包在高原上和他一起行走的女汉子；或者趿着拖鞋在厨房里忙碌的沉默

背影；甚至是躲在黑暗里或者半夜醒过来哭泣的中国林黛玉式的
女子。如果他看着我穿着高跟鞋和旗袍，挽着头发，在灯光和钻
石交相辉映的大厅里对那些动辄上万美金的精美饰品了如指掌，
或者能面不改色地将一颗近八十万美金的水滴钻石成功地卖给客
户，他会是什么感觉？

"哦，你喜欢吗？"他说，是真的为我高兴。

"还行。说不上特别爱或者喜欢。"那杯免费的茶尝上去毫
无味道。

沉默。我不知道是不是应该问他是否还在那工厂里上班。

"我还在工厂里上班。"他说，大手握着那杯免费的劣质的
茶，却喝得津津有味。

"自从上次去了印度以后，你又去了别的地方吗？"真的没
有那么难，说起那么那么难那么疼的过往的时候，没有想象的那
么难，我怀疑我只是曾经疼到极致，我甚至怀疑我自己那样不能
自已的爱着他究竟是为什么？我们有时候站在一个位置，因为疼
痛和不舍，无法移动一步，更何况转身。

"没有。我在准备高考。"他眼里掠过我以前熟悉的目光，
他是这样一个男人，没有握到手里的，他从来不愿意提。

"真好。难吗？"我心里算着他的年龄，可能要超过三十
岁，他才会大学毕业，可是，他终于决定去上大学，如果没有黎
巴嫩战争，他现在已经大学毕业了。

"没有那么难，我是说如果一个人真的想去大学，他们不会
在真正的难题开始的时候，就把你吓跑。入学考试不会超级难，
但是进了大学，要成功的毕业，就不会那么简单。"他带着微

笑，又说："我准备考希伯来语大学的农业分校，我难以想象自己在实验室或者电脑前工作的样子，你知道的，我更喜欢在田野里跑，虽然农业也会需要很多实验室的时间。"他真的是一个比以前多话的男人，我在以红色为装修主题的餐厅里，看着眼前这个宽肩膀的犹太男人说话，看到我们在一起可能有的不一样的结局。

"希望你顺利通过考试。"

"谢谢你！我去印度旅行的时候，碰到很多有意思的人。"他忽然温柔地看着我。

"去印度的游客，多少都是被那里的浓厚的佛教文化吸引吧？"他当初为什么选择去印度，我并不知道原因。

"走在路上，会碰到从全世界各地来的人，我有时候，会和他们说起，我有一个中国女朋友，很多人都觉得很奇妙，我的意思是说，我是一个以色列犹太人，我的女朋友是中国人，而她在以色列和我一起生活，他们总是很感兴趣。我跟他们讲我们如何遇见，以及你在以色列的生活，大家都觉得是一桩有意思而了不起的事情。"

我记得我们在一起的时候，遇到陌生人，他会介绍说："这是蓝。"他的后面没有进一步的备注"我的女朋友"这几个字。我希望他能继续下去，我渴望听到他对那些年我们"在一起"的情景是如何描述的：这些年，仿佛第一次，我们坐在一起，我是相对沉默的那一个。

"在旅行的路上，我想了很多。关于我们的感情。"他的两个黑眼睛还是像以前一样，很难不掉进去，实际上，他比以前成熟了一些，他看上去，几乎是稳重英俊的男人的样子，他至少到现在为止，还没有咧开大嘴像孩子一样的笑。

我们的第一道菜忽然在这个时刻被摆到了饭桌上，然后是一大碗白米饭，我不知道我应该恨那个侍者还是感谢他，我已涌到脖子根的眼泪被噼里啪啦的摆放碗筷的声音化解了。

也许是那道回锅肉冒着久违的香味，我们都自然地端起饭碗，香喷喷地吃起来。回锅肉像是象征着现实而肥腻的真实生活，他并没有继续印度旅行的话题，我也没有问起。

我们后来，像两个多年没有见的朋友一样，交流着彼此的生活，将四个菜一扫而光——我讲进LD时候的疯狂的测试，还有LD里的奇奇怪怪各色人等的故事，他讲他新交的朋友，他选择的大学，以及他想学的专业，他还讲他的父母，说他们很想念我，他说："我告诉过你的哈，他们是比我更好的人。"

就像那几次我再也无法加入的旅行一样，他走过的，和我走过的，我相信，都会留在我们心里，多少年以后，还可以拿出来细细梳理和回味一番，但是我知道，如果他不说，我将不会再问起，我们聊天的方式，就好像我们在中国旅行时候一样，好像，我们在以色列一起生活的三年，从来没有发生过。

吃完饭，他忽然告诉我他周日晚上会回去部队，"是去北部边境，你知道，他们就只是预防万一，不想让北面的真主党蠢蠢欲动，配合南边的哈马斯。"

"这样。"

"而且，我喜欢回去后备役，可以见到以前在黎巴嫩战场上的战友。"真是奇怪，这是我们第一次一起清楚明白地面对"黎巴嫩战争"这几个字。

　　我望着他，我想，我以前多渴望他讲讲这些，讲讲那场战争，或者战争中的战友，任何事情，都会让我好受些，最重要的，也会让他好受些。

　　"现在北方很安静，我喜欢回去服后备役，还因为我喜欢北方那些山头，你知道的，我喜欢在野外，你也许应该去北部边境走走，那里风光秀丽，如果没有战火硝烟，那里是一片人间天堂，一点也不比我们以前徒步的地方差。"

　　我看着他，脑子里闪现出2006年战争期间，电视里那些着火的山头，熊熊的火光背景里，有两个小小的黑色的消防队员的身影。

　　"当然，我是说现在这个季节，雨季，山全部绿了，山沟里还能见到溪水。你也知道，在黎巴嫩和以色列边境之间，有联合国的军队呢，所以很安全，可以欣赏美景。"他咧开嘴笑了。我也咧开嘴笑。我们本来可以是非常好的朋友。

　　我们分开快两年了，这两年说长不长，说短不短，我知道我们都不是原来的样子了，这真好，至少我们原来的样子没有那么尽人意。

　　在火车站，我们拥抱亲吻并告别。"再见到你真好，你看上去状态不错。"他叹息一声，说得甚至有些动情，我对他笑，使劲点点头。他轻轻碰一下我的肩膀，转身离开。我看着他走到红色的火车车门里面，那门立即关上了，他没有机会再回头，他本来就不是会拖拖拉拉地说很多次再见的人。

　　我用了近一个小时，从火车站走回公寓，我试图回味他身上的味道，回忆我们在一起说话时候的每一个细节，夜空有一轮细细的下弦月。

十五

以色列针对加沙的"铸铅行动"在艾米特牺牲后第八天宣布结束，国防军用了两天的时间，从加沙撤离出来，南部居民在遭受了多年的火箭弹袭击之后有了暂时的安宁，整个国家，人民和政府，都毫无概念这宁静会持续多久。

艾拉决定停止正在实习的工作，提前出门旅行：那旅行是和艾米特约好了的，到六月底，艾拉就可以毕业了，他们会结婚，然后去新西兰和澳大利亚徒步旅行大概两个月。

艾拉在出门旅行后大概十天，发给我一封邮件，附着一封照片：她站在风光秀丽的新西兰山头，单薄的身体几乎只是背后的大背包的一半。她告诉我，她可能一直旅行下去，让我把她不多的东西收拾了放在我的屋子里，然后把她的房间租出去，一个是她无法知晓自己的旅行什么时候结束，另外一个这样也可以减轻经济的压力，也许，正因为这样，她可以旅行更长一点的时间。她在最后说，蓝，亲爱的，我可能会在旅行结束后才跟你联系，请多保重。

我回信请她照顾好自己，并祝她旅途愉快。

我开始在网上出租艾拉的那间屋子，我发现我很难接受任何以色列人来入住，怎么说呢，他们要不太年轻了，要不英文不好，要不工作会让他们白天睡觉晚上工作，或者我甚至会不喜欢某一个女孩身上的体味。我有各种理由拒绝来看房后中意的房客。一个多月以后，我决定将房子退还给房东，我不能这样拖着，我不愿意增加艾拉的负担。

我在耶路撒冷旁一个拥挤的小区租了一间单身公寓，带着艾拉的几个大箱子，独自生活。

我依然每周三次走路去耶路撒冷古城，穿过那些几千年前就已经存在的古老街道，穿过各色游人和各种信仰，坐在哭墙前的石阶，和它静默对望。

第三章　丹

一

再次见到丹·科恩的时候，是我在钻石公司工作两年后的常规测谎检测。公司每两年对员工进行测谎检测，考察在这工作的两年间，是否有违背公司利益的行为，而确实有人因为这个测谎检测不理想被辞退了的——谁知道呢，也许只是个借口罢了，在这家钻石公司里，没有铁饭碗。

丹一定是早晨刚刮了胡须，下巴铁青，不知道为什么，他比一年前在酒会时瘦了些，还是穿格子衬衫，我从来没有见过哪个男人，把各种各样的格子衬衫穿得那么体面又随意。

也许是因为我们都知道，这个测试，再也不像两年前一样会揭伤疤，会问到过往，最重要的，是要把一个人作为可怀疑的对象，放到各种和电脑连接着的夹子和芯片上去考察，我们都比较轻松自在一些。

先是一个常规的二十分钟的交谈，是关于最近这两年的——这一次，他出人意料地没有问起任何本和他的家人的事情，所有的交谈，都是围绕工作的，非常就事论事的态度——就好像他当初承诺的那样，所有的私人问题，都停留在了当初的那个测试里。

然后他再次解释他将要做什么，需要我做什么。我安静地配合，让他把各种夹子和芯片接在我身上，手上。

面前这个男人，是在以色列大概知道我一生的故事细节的人，我忽然觉得，我要是不再见到他才好。可是他把格子衫穿得那么舒服，如果必须要讲述我的一生，这个格子衫男人是不错的选择。

他开始问问题。

"这两年你想过换到其他钻石公司工作吗？"

"没有。"

"你对你目前的收入和工作满意吗？"

"满意。"

"你在这家公司有归属感吗？"

"有些时候有，有些时候没有。"我想象那些夹子和芯片像无数的眼睛一样，通过我的神经，进入到我的心脏和大脑，不容我撒谎。

常规的检测没有超过十分钟，他是以色列少数用香水的男人中的一个，那是我第三次从他身上闻到，但是并不陌生。他取下我食指上的夹子的时候，我发现他的手指短而小，却相当灵活，我从来没有见过一个男人的手这样小，像长在他身上的婴孩一样，手指上的指甲却相当大，而指甲盖上的半月形又占去指甲的一半，像是眼睛一样在手指顶端大睁着。我那么专注地看他的手，忽然意识到的时候，心慌意乱地红了脸。

我忽然莫名其妙地说："你这套先进的测谎程序，也许在中国可以派上大用场。"——我其实并不知道这种检测是否先进，我也无法保证在那个除了真话不说啥都说的世界里，这机器是不是真够聪明，我只是必须说点什么。

"不错的主意，也许有一天找你帮忙，我听说你在LD的中国市场做得相当不错。"

"谢谢你！"意识到自己真心想谢谢他，是因为他让我通过了两年前的测谎，这样我才有机会得到这个工作。

我后来知道，两年前丹在我的测试结果里写道，聪明能干，诚实度和忠诚度可聘用，有时候超级自信，有时候超级自卑，能保守秘密，适应性非常强。

丹当天在LD为卖场里的近三十多个员工做了常规测试，第二天他进公司为管理部门的人做测试的时候，刚好在我的办公室门口碰到我，我们互相道早安。一年前在酒会上遇到我，并说给我打电话请我去参加独立日烧烤的丹好像完全没有存在过。

二

那个周六，打扫完卫生，刚从浴室出来，裹着浴巾和浴帽的我，忽然收到丹·科恩的短消息。

我站在书桌前，看着那有丹·科恩落款的英文短消息的手机，不敢触碰。手机的蓝色屏幕在十几秒以后自动关闭，我重新打开，是的，清清楚楚的英文短消息，没有误解没有试探："蓝，我会在黄昏经过你所住的小区，如果你不介意，我希望能邀请你去特拉维夫老港口散步。"

我湿淋淋地在屋子里来回走了两趟，我应该明天再回他？说，不好意思，我昨天没有看到短消息；或者也可以说，你看我在守安息日，手机关机；我最好还是像个以色列女人一样，清楚地回答，好的，我很高兴。

我没让他久等，像个知道自己想要什么的好女人一样，说："很高兴你能邀请我。"附带是我的地址。

他准时到。

我穿着灰色的T恤和牛仔裤，脚下却像很多以色列人一样，趿着一双拖鞋，他坐在黑色的越野车里，对我笑，温和的没有掩饰的笑，熟悉到可怕，仿佛我们已经认识了一百年。

依然是格子衬衫，这次是有点麻质的，更随意一些，我怀疑这个男人的衣柜里有几十上百件厚薄不等，长袖或短袖的格子衬衫。等一等，可几天前，他才刚刚在我身上连接各种夹子和芯片，来测试我。第二天在办公室门口碰到我的时候，也完全是公事公办的样子。

我忽然有些纳闷，这算是约会吗？我还没有找到答案回答自己，他已经欠身来打开副驾驶的车门，边说，你好。他看上去是个正派温和稳重的近中年的好男人的样子，我问自己，这个男人，怎么可以这样把工作和生活分得那么清楚？

他还是用了淡淡的香水，我必须告诉你，他的香水总是让人觉得性感。不像很多以色列人开着乱糟糟的车，他的车内整洁得有点可怕，且没有任何多余的东西和装饰，我很敏感地意识到，这辆车没有女人开过。

丹右手手腕戴着一款简洁的表，他像婴孩一样的手，在开车的时候轻捷灵敏，在开车的间隙他会偶尔把右手摇一摇，将稍微有点大的表带摇回舒服的位置，他也会在这个摇手的间隙，转头看我一眼，带着笑意，说，你还好吗？

再好不过了，我在心里回答。微转头对他笑笑。

那是十月底的地中海边，空气清润，我们沿着特拉维夫老港口散步半个多小时，然后他说要请我喝杯东西，我们面对地中海，坐在鬃毛做成的蘑菇大伞下面，喝从龙头里放出来的一种德国啤酒，我酒量奇小，几口下肚，已经无比放松。

　　"好吧，"我说，"这太公平，以前都是你问问题，我来答，那是没有选择，今天晚上，我是测谎专家，该我问问题了。"他说："没问题，不过你这个测谎专家得知道如何防止一个高级测谎专家做反测谎回答。"我们同时哈哈大笑。

　　酒是个好东西，我早已经抛开这是约会还是其他什么的纠结，像个话痨一样用英文夹着希伯来文，或者用希伯来文夹着英文和他说话，丹高中毕业后被情报部队选中，先是学习了三年电子，然后才去服役五年，这五年读夜校拿到心理学硕士学位，服完兵役后在以色列国内情报机构工作了十年多，后来退出情报机构，和朋友合作开设了目前的咨询公司，从事安全，测谎和人事评估。

　　那是绝美的十月地中海夜空，白色的云朵像是随时会飘到头顶一样触手可及，墨蓝的苍穹在白色的云朵后面沉默深远，地中海卷着温柔的海浪，冲击着老港口的堤岸，行人轻松随意，来来往往，从南边红海城市艾拉特来的飞机每隔20分钟就会掠过头顶，降落到附近的小飞机场，这样的几十秒，我们都会停止说话，相视而笑。

　　夜深的时候，我们靠在特拉维夫老港口的栏杆上看地中海，海上有几点渔船或是货船的灯，世界在海浪的摇篮曲中静美得仿佛要睡过去。在喝啤酒的时间里，我们天南海北地说话，这时候，却忽然都沉默了，温柔的沉默。

　　回程的路上，收音机里男女混唱着那首希伯来文歌：

　　那树很高，那树很绿；

那海很咸，那海很深；

海如此深，可树无所谓。

那树很高，那树很绿；

美丽的鸟啊，展翅高飞；

那鸟飞远，可树无所谓；

那树很绿，可鸟无所谓。

那海很咸，那海很深；

美丽的鸟啊，展翅飞远；

那鸟远飞，可海无所谓；

那海咸透，可树无所谓。

那人儿在吟唱，因为那树很绿；

那人儿在吟唱，因为那海很深；

如果鸟儿远飞，他会停止吟唱；

那人儿吟唱还是沉默，鸟儿怎么会在乎？

我们很舒服地听完歌。我想跟他解释，酒喝得刚刚好，微醺微醉，这个中国词，我没有找到英文的，更不可能找到希伯来文来告诉他。我只在一盏盏扫描过脸颊的路灯下史无前例地傻笑，对着他，也对着我自己，过去的岁月，将来的岁月，我都在这一笑里全部看见。

他也笑，来摸我的额头，说，你酒量这么小。他的手指那么小，温柔得像是婴孩的手。

我说："你知道吗？有时候，有些东西，大一点不好，小一点也不好，有些颜色多一点太强，少一点太弱。"我侧脸看他，路灯一盏一盏快速地扫过他算得上英俊的面颊，他又微笑："你是说，你喝得刚刚好吗？"

这不是今晚的第一次，好几次，这个男人在我还没有完成解释以前，一字不差地说出我想说的话，这要不是一个奇迹，要不是因为他的职业。我真有点醉了，因为我相信是前者。"我知道你的感觉，"他继续说，"要不是开车，我也喜欢喝得刚刚好。"

他在离我家200米的路灯下停下车，说，"我欠你一个解释，就是上次，在艾威的酒会上，我约了你独立日烧烤，但是后来却没有给你电话。"

"啊，没事，不用解释。"我那些微醺微醉几乎快结束了，对整个晚上那个无比轻松的酒后的自己，忽然有些尴尬，他会怎么看我？

"蓝，请听我说，请让我解释。"他灭了火，一手放在方向盘上，身子转向我。

"我是家里的独子，大学毕业，进部队第二年就结了婚，我儿子两岁那年，我们离婚了，我儿子今年十九岁了，我们离婚以后，他妈妈带他回美国生活，他十八岁的时候，自己决定要回以色列，像一个以色列犹太人那样去服兵役。他是个伞兵，你知道伞兵吧？"

"嗯。"我点头。

"他喜欢他在部队的角色，他也喜欢以色列生活，他告诉我，在这里，他更有民族归属感，虽然他妈妈也是犹太人，可是在美国，人与人之间的关系，不像在以色列，他非常享受服役的日子，我是说，他是个好士兵，就在艾威的那次酒会后，他在演练中出了事故，我是说，他出事去世了。"

我"哦"了一声，僵在那里，这就是他现在比几个月前瘦的原因吗？我拼命想推开残存的酒意，意欲表达些安慰，如果我和他够熟，我会像以色列人那样，上去给他一个紧紧的拥抱。

"不必为我感到难过，因为我不需要那个。"在我还没有来得及说"听到这个消息我很难过"以前，他又变成了那个很专业的情报机构的工作人员，眼神坚定而平静，读不到任何情绪。

我转头去看路灯下浓密的榕树，有点不知所措。

"嘿，蓝，你看，我今晚和你度过了特别愉快的时光，你是一个聪明而有意思的姑娘。他看着我，面无表情的双眼里忽然升起爱恋。"

我虽然差不多已经习惯了以色列人非常直接的赞美，而此刻，也许是因为酒精，也许是因为他眼里的爱恋，我满脸发热，绽开他后来感叹的"你有什么样的笑容啊"的那个微笑。

"如果你不反对，我希望能再约你出来，不过我明晚要出差到欧洲一周，我回来后会再联系你，好吗？"

在本以前，在中国的长长短短的感情中，如果有这样的机会：在盲目的第一次约会后，男人们喜欢玩神秘失踪，即使他们对你有好感，他们肯定也会在消失一周以后，忽然出现在你眼前，一副疲惫却还是牵挂你的样子说，你看，我一直想联系你，不过上周一直出差，他们当然更不会在没有问到的情况下，跟你说，我结过婚，有过一个儿子。

　　我决定不用让他送我到我的公寓楼下，我说我愿意走回去。他下车过来，我已经打开车门站到街边。我们站在那大榕树下的路灯里，他大概快一米九的样子，这是一个刚刚好的身高，我不用觉得自己手长脚大，他轻微地扶着我的双肩，礼貌地和我行贴面礼，说，晚安，中国姑娘。

　　他行贴面礼时留给我的香水味那晚一直不能散去。

三

第二天，我一醒过来，脑子就蹦出那句话：啊，原来你在这里！

原来你在这里，隔着千山万水，隔着重重岁月；原来你确实是在这里，不是虚幻，不是梦想，真实存在；你一直在这里，安静地生活，这比梦都更美好，比真实都更真实。

我不知道你的人生有没有过这样的时刻，你就是自己的神，自己的上帝，你知道你是对的，你所看到的，听到的，感觉到的，这些都是对的，再没有比这个时候更确定了，世界清晰得像一幅美画卷，优美而精彩地展开。

就是眼前的一张桌子，窗边飘过的一阵风，空气里传来的某种食物的味道，这些都是真实的，就连自己，也不是镜子里的一个反射，这个细长眼睛的高个子中国女人，她的皮肤因为地中海的阳光是黝黑的，她的眼睛闪着光，她实实在在地活着，在这片上帝许诺给犹太人的地中海岸边。

我那一整天都在卖场里忙碌，穿高跟鞋踩在地毯上的感觉像踩在云里，我想我看上去迷迷糊糊，两颊发烧，时间过得飞快，五点准备回家的时候，忽然收到丹的短消息：我在你们公司左侧的停车场，你愿意在我起飞以前和我吃个晚餐吗？

愿意，愿意，当然愿意！我心里用那句自己从那天早上一直说到晚上的话作为回答。

我穿着大红旗袍，挽着头发，化淡妆，我想我看上去好像从一早就准备了要隆重地和他吃个晚餐一样，早晨打开衣柜的时候，我毫不犹豫地提出了这件绣着红色牡丹的旗袍。多喜庆啊，我想。

拉开他的越野车车门，我知道自己无法跨上去，边把屁股先坐到他的黑色越野车的座位上，再把双脚提上去，边说，早知道他请我吃晚餐，就不会穿得这么"可怕"了。

"我早上醒过来，发现自己有点记不清楚你的样子了，为了不让一周后回来找不到你，所以才出其不意。"他满眼惊艳地盯着我的一举一动，微笑着看已经在唇边浮起微笑的我。

我的嘴边虽然浮起笑意，心却忽然痛了一下：喂，这些年，你都在哪里？

我不知道你有过那样的感觉没有，你忽然遇到的这个人，就像你已经遇到他一百年了一样，所有的恋爱游戏中的技巧和规则，试探和叩问，玛萨的"老鼠戏猫"的"反捕猎"快感都完全不需要了。那个你仿佛一百年前就认识的人，其实昨天才真正碰面，你心里却重重地松一口气，哦，原来你真的在这里，原来你一直在这里。你们没有那么多时间和精力去浪费，你从那么远的地方，一路向他奔跑而来，一路走过来的风霜雪雨，所有的一切都值得，因为此刻他就在你的眼前，你不需要那些伪装和武器，你只是急迫地想要知道，这些年，这个你一直在找的人，他的所有的生活细节。

我们在耶路撒冷标志性建筑楼顶吃晚餐，位置是他一早就订好了的：他怎么知道我会同意跟他来吃晚餐？他是不是和我一样，看到世界在眼前像一幅美画卷一样展开？我们的脚下，是撩人的月色里美得像要燃烧的耶路撒冷夜景。

"你看，我是土生土长的以色列人，在耶路撒冷也住了十多年，从来没有到过这里来吃饭，也许是因为我一直没有找到合适的人一起来。"这是多么油腔滑调的开场白啊，可是眼前这个眼角已经有笑纹，两鬓夹了几丝白发的中年男人，像个开心而真诚的少年，你简直无法去怀疑他。我立即就咧开嘴笑了，这是世界上最美的油腔滑调了。

那是一个刚刚好的夜晚，食物和语言以及空气里爱恋的味道，真的，一切都刚刚好，食物，语言，风景，对面的人，舒服的，真实的完美。

丹本来计划要送我回家的，可是因为不知不觉时间就过去了，他必须飞奔去机场，他的飞机将在两个小时后起飞。

我们离别的时候，他还是礼貌地来行吻别礼，两颊吻完，却不肯放开我，将我往他怀里搂了搂，说，好姑娘，我回来联系你。

我走路回家，那是一个皓月当空的夜晚，在以色列，这样的夜晚并不少见，可是那是我三十多年的生命里最美的夜晚，我听着自己的高跟鞋轻轻地敲击着人行道，听到了凤凰树花热烈绽放的声音。

四

　　我在丹离开的一周里收到了一个短消息，一封邮件。

　　短消息是他落地的第一天发给我的：我想我能从这欧洲的空气里嗅到我祖辈曾经嗅到的味道，一切都是如此美好，只是少了一个人在。

　　在他回程的最后一天，我收到那封邮件，是他在机场写的：

　　蓝，你还好好地在耶路撒冷吗？到今天中午，我完成了所有的工作，这是一次疯狂的公差，每天忙得晕头转向，请原谅我没有联系你，实在不想把你带到这种疯狂的工作情绪里来。

　　下午，我利用了离开以前空闲的几个小时，去了就近的岛，岛不大，其实是个小村子，这个季节游客很少，因而安静，我在村子里散步，吃了一条烤鱼，最后走到小山头上从不同的方向看地中海，两个小时后我坐在小码头边等船。当地的居民告诉我，因为现在是旅游淡季，所以船不多，其实人也不多，只有另外两对情侣。我坐在小码头旁的咖啡馆里，阳光开始西下，只有海浪的声音，和我面前一杯冷掉的咖啡，在我等船的近一个小时里，我忽然把我的一生像放电影一样放了一回。

我这一生，有好长的时间，都不知道，我其实在等一艘船，应该说在我的人生里，有很多船过往，我从来没有试图跳上去，我想我以前是因为忙，因为我远在天边的儿子，因为我自己的母亲，还有，这非常重要，因为我对我自己工作的投入，我总以为这些是我没有跳上船也是我不用跳上船的原因，我以为我忙碌的这一切，才是我的生活，直到我的儿子去世以后几个月，我忽然意识到，我从来没有真正意义上的"生活"过。

我记得我儿子从美国回来以色列参军的第一天晚上，我们在外面用餐，回家的路上，他忽然说，爸爸，我多希望你能有新的生活，娶一个你爱的女人，有你们的孩子。我当时只是一笑了之。

我四十多年都是这样过来的，我掌控着一成不变的生活，这种掌控和一成不变让我觉得安全，有次序，按部就班，没有意外，所有的这一切带给我的平静和安全，在我儿子去世以后，忽然消失了。我意识到他是对的，可是我无能为力，不知道从何改变，我在等船的时候，心情无比激动，我好像一辈子其实都在这个岛上常规的生活，我身边每天都有渡船来来去去，我从来没有想过登上去，离开这座小岛，因为我满足于这个小岛上的生活：我的儿子，我的母亲，我的工作。可是这一刻，我站在岸边，仿佛站立几十年，我知道天将会很快暗下来，风会开始冷。也许再也没有船了，我错过了那么多次，再也没有了，我将在此岸，一直遥想彼岸，我将，这一生，都无法抵达。

这是我的选择，如果船上没有那个人，我为什么要上船呢？我意识到，我其实非常想登上这下一班开过来的船，因为在这一班开来的船上，你刚好在，你从遥远的地方坐船而来，长长的旅途，太阳就快西下，这是最后一班船了，这是最后一班我可能离开这个小岛的船，我心里有些惧怕，我会登上你从千里外航行来的船吗？在天还没有黑下来，海风还没有冷得刺骨，就在这最后的却是最完美的时候，船来了，而你在船舷上，对着我招手，你是在对着我招手吗？中国姑娘，你在你长长的旅途中的每一个小岛都找过我吗？

我在机场给你写这封信，几个小时以后，我就会降落，请你告诉我，你在那最后一艘船上，请你告诉我，你也在航行经过的每个小岛上寻找过我。

我在下班以前通常会打开自己的私人邮箱，楼层里大部分人已经离开，我刚读了几行，眼泪已将我淹没，我站起来关上门，死死地盯着电脑屏幕，一字一句读完邮件，又读一遍，最后再读一遍，哭得稀里糊涂。

我知道对一个按部就班地生活在以色列这个"缺乏安全"的社会里的四十来岁男人来说，这样跟一个约会两次的女子打开心扉，有多么困难。这个男人，他没有玩猫抓老鼠的游戏，他也没有用他学来的心理学也好，在情报部门工作的技能也好，来推测或者试探我，他只是忽然打开心扉，一字一句地说着真心话。

我云里雾里地上完那晚的希伯来语课，一走到大街上，就看到他的车。

他坐在他驾驶座上，盯牢我，微笑。这一次，他还是穿着格子衬衫。

他紧紧地注视着我向斑马线走过去，穿过斑马线，穿过路灯，向他走去。这个过程可能不到两分钟，他的视线没有离开过我，这个四十刚出头的男人，他刚好，是我想要的男人的那个年纪，那个样子，好像一切都是那样的完美，经过了那么多年的紧张，孤独，悲伤，这个男人，在那里，刚刚好的样子，我找了很多年，我不知道，这个刚刚好，是不是真的？

我坐进车里，他亲吻我的面颊，我只是幸福得要晕眩。嘴里却忽然莫名其妙地说："你吃过东西了吗？"

"吃过了，在飞机上，我们去公园散步好不好？"

"当然好！"

公园几乎没有什么人，他拿出车后面的塑料垫子，我们在草坪上坐下来，他从行李箱里拿出买的红酒，说："红酒是法国的，我刚在你们学校门外的超市里买了开瓶器和纸杯，咱们就用纸杯将就吧，哈！"

我点头，笑着看着他。

我们把酒和纸杯摆放好，我静静地盘腿坐在他的身旁，微笑地看着他准备开酒。他忽然放下酒和开瓶器，跪到我的对面，他的眼睛温柔而湿润，紧紧地盯着我，我感觉到他的呼吸，我觉得自己就快晕倒了，我觉得自己像是十六岁时那样美丽而纯洁。

他温柔而短的手指来碰我的下颚，拿额头抵着我的额头低声说："天啊，我怎么觉得自己像是十七岁？"

你看，再没有比这样的时刻让人心醉的了，你心里想着的和他心里想着的，完全是一样的。你和他，是一个人，你们穿行了人生的千山万水，见面的时候，你对面的人，却可能是你最开始，最想要的样子，而你自己，也回到了最初的像处子一样的心，再没有比这样的时刻更让人心醉的了，时光流转，宛若初恋，一切都天衣无缝，完美无缺。

五

一开始我们每天都见面。

我们去电影院，餐厅，冰激凌店，公园，博物馆，开车去野外，有时候只为一场演出，我们会去到北边的海法，或者南边的埃拉特。我们总是有各种各样的好玩和好去的地方，像两个二十来岁的以色列人一样，精力充沛，每天只忙着上班和约会。

看电影的时候，我们可能是电影院里最"老"的一对，可是这一点也不影响我们一手冰激凌，一手爆米花地在电影院里窜。那其实不是预想的惊悚电影，而是一部爱情剧。

冰激凌吃完，电影开始了，他一直拉着我的手，不肯放开，我们都没法用另外一只手吃爆米花，只好将它放到地上，他的手指在我的手上轻抚，我从来没有那样的感觉，只想变成一只猫，躺在他的腿上，享受他的神奇的手指的抚摸，中间他换过一次姿势，电影里车祸发生的时候，我的手条件反射地跳起来，他握紧它，放到自己的嘴唇上轻吻一下，眼睛还是盯着屏幕。

看完电影，我们在车里相吻，刚下完雨的夜空洁净如洗，天空的蓝里荡着白云，有车灯闪过，看午夜场的人，在寻找车位，车灯晃到我们头上，我们同时笑了，像青春期偷着约会的少年人赶紧分开，他开动车，可是经过转盘的时候，车却逆行开到左边的车道去了，我们又开始笑，"我以为自己在英国呢。"他开自己的玩笑。

"女主角很漂亮。"

"你比她更漂亮。"

"你的嘴很甜。"

"你是说我的吻吗？"

"男主角有些老了，不过老得很性感。"

"我们都曾经年轻过。"这句话，忽然让我有些伤感，这些年，你都跑到哪里去了？为什么让我现在才找到你？

"不过我们比我们年轻的时候都更年轻，我觉得自己像17岁一样。"他转头看我，微笑着，眼睛死死地盯着我，要我相信他是真的。

我展开那个迷人的笑，指着前方，说，开车，开车。

他一只手握着方向盘，一只手伸出弯曲的食指背刮刮我的脸颊，说："如果我是17岁，那么你就只有16岁。"

我们对着彼此笑。他开始唱那首歌："你是我的阳光，我唯一的阳光，你给我欢乐，当天空灰暗……"

睡觉前，我收到他的短消息：晚安，我的16岁甜蜜女孩。

晚安，我的17岁英俊男孩。

我们就是这样发烧一样地恋爱，真心实意的胡言乱语，一点都没有觉得害臊，我知道那是我真正的第一次和某人相爱，付出的爱，得到回应，甚至更强烈的回应。我甚至有时候发烧到出现幻觉，好像第二天他会忽然消失，他这个人是不存在的。直到我再次握着他的手，才知道这个人是真实存在的，他其实一直都在这里，静默地生活，等待着我。

有一个周末我忽然发神经，好像我们不应该这样不顾一切疯狂的恋爱，其实没有什么"不顾一切"，他未婚，我未嫁，我只是有时候，会那么害怕，这一切来得那么完美，在一切都还来得及，一切都还不太晚的时候，准确无误地来了，一如我想要的，分毫不差，如此地不真实，我只想停下来，看看自己，听听自己，感觉自己，问问自己，我真的如此幸运吗？我害怕我在云端，很快的某一天，就会掉下来，实实在在地摔在地上。我希望，这样的热恋的感觉，能停下来，就这样，到此为止，一切都停下来。我还站在地上，周围没有什么危险，这不是一个圈套，这个我航行千里，终于找到的男人，他就在我的身旁，和我手拉着手。

丹那么温和，他说："我知道你的感觉，相信我，我心里很清楚，和我心里想的一模一样"——他是心理学毕业的。我要求隔三天再见，他说好的，如你所愿，佩佩公主——我们看过一场搞笑的关于中国公主佩佩的电影，从此以后，在我提出要求的时候，他总是说，如你所愿，佩佩公主。可是还没有到我们约好的三天后的见面时间。我自己却忽然发短消息给他，让他来接我下班，他像一个兄长一样刮我的鼻子，嘲笑我不守信用，在我真真假假地扁嘴要哭的时候，他会一把把我搂过去，紧紧地搂着我，说："你知道你在折磨我吗？"

　　金牛座的丹后来告诉我，他一生的任何时间都希望四平八稳，他从来也没有设想过自己会像发烧一样恋爱，在给人做测试的时候，忽然会分心，想起那个在另外一个办公室上班的细长黑眼睛的东方女子，她是他的甜蜜恋人，而他几个小时以后，就会见到她，握着她的手，两个人说些初恋才会说的胡言乱语，这简直是他人生里最不可思议的甜蜜的事情，他也会有这样的恍惚的难以相信的发烧时刻。

　　我们有讲不完的话，我自己的童年，在他的乞求下，也开始出现清楚画面：我跟他讲我在那些炎热漫长的暑假里，在村子里的土墙缝里用一个竹签掏出洞里的蜜蜂，然后很残忍地掰开它，吃它肚子里那一小点亮亮的蜂蜜；或者我会用几个小时在屋檐下的灰尘里掏出无数只有八只脚的扁平的灰色虫子；我会躲在角落里，点燃我养母的一根烟，学着大人一样吸；我也会在烈日下的玉米地里疯狂地毫无缘由地奔跑；月亮升起的时候，我和小伙伴们在田野的麦秸堆里玩捉迷藏，忽然谁家的大人一声吆喝，孩子们就四散回家吃晚饭，我总是最后一个在皓月下依依不舍地离开；我养父去世那一年冬天，下好大的雪，七岁的我一个人在雪地里顺着火车轨道走了十多里地，拉货的火车司机对着我猛按喇叭，我最后再十多里地走回去，冻得浑身凉透；我小时候的玩伴是我养父养的那条叫"青虎"的大黄狗：他后来学会用中文把自己称为"蓝的大黄狗"，有时候我眉头紧锁的时候，他会像狗狗一样拿头来蹭我，或者伸出舌头，学狗狗喘气的样子，来逗我开心。他大部分时候，像个挚友，或者父兄，但是当他绘声绘色地学习各种动物叫来让我开心的时候，就像个孩子。

所有这些在当时看来穷极无聊的日子，在他面前讲述的时候，却不完全是灰色，居然有点点滴滴的乐趣，你看到对面那个人，那么认真地听，看着你，心疼着你，如果用那些凄凄惨惨悲悲戚戚的坏情绪来讲，对他会是一种伤害，因为他不在那里，无能为力，所以，讲述的时候，连自己也觉得我的童年还没有那么糟糕。丹像一把放大镜，认真仔细地帮我找到我灰色人生里的那些各种亮色放大并呈现。

"你小时候，你最喜欢的玩具是什么？"我想起在他给我测试的时候问过这个问题，我像当时想做的那样去敲他的头，"喂，你测试我的时候，就已经问过我了，我小时候，能吃饱饭就不错了，哪里会有什么真正意义上的玩具。"他忽然说，如果我测试你的时候，你这样回答的话，我那时候一定就已经爱上你了。

那是他第一次说爱我，话音刚落，他意识到了自己在说什么，盯着双眼眨也不眨的我，忽然一把抱紧我，一字一句地说："蓝，我想我爱上你了，啊，顺收，我真的真的很爱你。"顺收是我父亲给我取的小名，我在中国遇到的那些男孩子，他们会说，多么土的名字。可是丹听到这个名字，却是惊艳，这是一个多么美的关于秋天的名字呀！他会在情到深处的时候叫我的小名。

他在第二天给我发来一首歌，是猫王的《我是如此的爱你》：

我是如此爱你，

别人问我如何

我是如何活到现在

我告诉他们，我不知道

我想他们会明白

生活曾经多么孤单

但是我得到重生

就在你我牵手的那天

是的，我知道

生活可以多么孤单

阴影一直伴随着我

黑夜令我困顿

但我坚决不让它将我击垮

现在，你来到我身旁

你也爱着我

你的所思所想如我

你放飞我的心

我因你所做的一切而幸福

生命之书如此短暂

但一旦读过一页就会明白

我的信仰除了爱，一切已死

　　我会在一整天的时间里，一有机会就听这首歌，重复地自虐似的听，美妙无比。他说那歌是写给现在的他的，我知道那歌也是写给现在的我的。

六

我应该怎么来描述我们一开始在一起的日子呢？我们开始恋爱，像十几岁的孩子一样，我们有近两个月的时间，处在发烧的症状，满脸发红，不知害臊地说着情话，我们甚至迅速地消瘦下去，两个人生半途遇见的人，试图像双拉链一样，一个向前一个向后，试图在展望未来的时候，把我们彼此过去和将来的快乐，痛苦，忧伤，失望和喜悦都黏合起来。

有时候开着车，他忽然会说，我告诉过你我喜欢你的笑了，对吗？我真的喜欢你的笑，我特别喜欢你的笑。我就在旁边张着嘴大笑。

我们周末开车去郊游，我喜欢在他开车的时候看他的侧面，他的挺直的鼻梁，浓密的耳鬓有几丝白色的头发，长长的睫毛，锐利的眼睛。他知道我在看他，边盯着前方开车，边说，佩佩公主，有何吩咐？同时用右手抓起我的左手，放到嘴上轻吻。

我想，我现在明白了，本把我带到以色列，其实是要让我遇见你。

他有一瞬间没有明白过来本是谁，然后忽然点头，说，是的，我应该感谢他。

"你知道吗？丹，我们生命中遇见的每一个人，都是有原因的。"

"你要不要给我本的电话？我可以打电话给他，感谢他把你带到以色列。"

我轻笑着看着他。"你是说你要让他明白他失去了什么？"

"我是说真的，我很想感谢他，要不是他，我如何有可能遇见你。"他一本正经。

我伸手去捏他的大鼻子。

他"哎呀"地叫，说："真的，我真不明白，他怎么会错失像你这样的中国姑娘。"他不知道，在本那里的那个中国姑娘，不是现在在丹这里的中国姑娘。你看，就是这样，你生命里那些遇到的和路过的人，总是有它的原因，本除了要把我带到以色列找到丹，本还用了三年的时间，把那个丹可能也不会爱的姑娘，炼成了丹的最爱。

每两个周末的其中一个周五，丹都要用半天的时间，回去看他的母亲，他从来没有认真地讲过他母亲，我只知道他父母在他三岁时候离婚，十岁后父亲忽然消失不再联系。

"不是一个幸福的家庭，你知道。"他说。是不想提起的表情。我意识到我们有类似的童年，可是我在这个男人身上看到的是乐观，上进和坚持，看到那个多年来逃避，挣扎和期艾的我，如果不是以色列的生活，如果不是和本在一起的那些煎熬，我怎么能领悟并且改变呢？我决定不多问他的母亲，是不想让他觉得我在暗示他什么。我相信丹，他有他的安排，就像有时候他相信我是大女人，知道自己在干什么一样。爱情有时候不仅仅是甜言蜜语，天衣无缝的分享，信任才是它的本色。

那个周五看完电影，他邀请我去他住的地方。他的公寓无比干净整洁，所有的物件都收拾在柜子里，你可以看到这是一个有计划有安排的单身男人的家。他递给我一杯新鲜的柠檬蜜调的水，打开大大的客厅的窗户，有两棵像巨伞一样的凤凰树站在窗前，树上燃烧般地开满了花。

"我相信你会喜欢，我知道你会喜欢。"

我认真地对他点点头。

"我也很喜欢，当初就为了这两棵树，才决定买下这套公寓。"

我看着凤凰树，他看着我，我其实那么喜欢一个男人，站在我的身旁，深情地看着我。

我欢喜的双眼爬满了泪水。一样燃烧的凤凰树，有时候会烫伤看的人的眼睛，有时候却会点起她眼里幸福的火焰。就是这样，人生就是这样，悲喜无常，万事都有其时。

他从电视柜里拿出一个钥匙挂件，"你看，这是我们刚认识的时候，我出差在西班牙买的，这个牛头，代表我的星座，这个女士，正在跳着弗拉明戈的舞蹈，她举着的红色扇子，也许可以代表中国，我那时候看到这个小钥匙挂件，就买下来了，为着今天送给你。"

我伸手去接，他并没有直接给我，而是像变魔术一样，从钥匙挂件中理出一把钥匙，低头来找我的眼睛，说："蓝，这是公寓的钥匙，我非常希望你能搬过来，我希望，我们能住在一起。"

我的心扑通扑通地跳着。我接过钥匙，依偎过去，抱着他，把头贴在他的胸前，听他的心跳。

他搂着我，我喜欢这个男人温柔的身体，他有点点发福的肚子热乎乎的，他的香水味还是那样性感。

"佩佩公主，你是答应了还是没有答应呢？"他摩挲着我的头发问。他每次叫我佩佩公主，我就觉得他把我那些缺失的父爱温情脉脉地带给我了。

"让我想一想。"我说，叹息一声。

"当然。"他说。

七

　　我怎么可能拒绝他的邀请呢？

　　虽然我还是会在心里有些小小的不安全感，开始约会以后，我发现我更加爱我自己了：这是奇妙的感觉，就好像，你看着对面的这个人，他是一个沉稳，幽默而有分寸，有自己的事业，孝敬母亲的好男人，最神奇的是，他那么深深地爱着你，好像你是这个世界上唯一的宝藏，这样，你怎么会不爱你自己呢？你会在工作中更耐心，更有合作精神，对每个人都笑，当然，你也会在镜子里，对着你自己笑，你想起往事，讲述自己的童年，或者回忆本的时候，因为你心里有一道阳光，你的生命里忽然出现的一道强烈的阳光，照亮和温暖的，不仅仅是现在和将来，甚至是你的过去，有些东西不完全是灰色下的阴影，你重新去看那时的自己，你发现原来一切没有那么糟糕，你发现你能和曾经的那个愤怒的自己对话，并试图安慰她。你会发现，你对着镜子里的那个自己笑，你爱上了一个一直以来梦寐以求的男人，你还和他一样，深深地爱上了你自己。

同居生活很快形成一种惯例，几乎每一个早晨，我们都要醒得比闹钟早，我会在半睡半醒之间，感受到他的眼光或睁或闭的抚摸。我喜欢这样，他说，像现在这样，他真的喜欢这样，早晨醒过来的第一件事情，发现我睡在他的身旁，芳香得像一朵花，他喜欢这样看看我，然后再起床，再去上班。

我也喜欢这样，我喜欢早上睁开眼睛第一件事情，就听见他用奇怪调子的中文说"早上好"，感觉到他的体温，他在你眼睫毛上的亲吻，他轻柔的指尖的抚摸。然后他会说，一二三，我们起床吧。

他总是说，我们。

刚搬进来的时候，我会说，"你的沙发不错。""不是，我们，我们的沙发。"他不断地纠正我，我们，我们的，我们的床，我们的电视，我们的厨房，我们的车，我们的公寓，我们，我们是一家人。

"这些都不是我们的。"我说，"这些是你的。"我搬进来的时候，坚持自己要分担费用。他一再拒绝，"我知道你在LD的成绩不错，薪水很高，不过我还稍微比你挣得多一些，这个公寓，房贷已经还完了，所以，你搬进来住，我这里除了多出很多爱，没有增加别的支出，如果一定要支付，是应该我支付你。"我感动于他的颠三倒四，但我依然不能接受，在我的坚持下，我支付食物和水电气以及住房税，这也比我自己租房的价格还少，剩下的，我单项存起来，想着作为我们将来的旅行资金。

我们开始一起生活，一个四十出头单身多年的非常有次序爱整洁的男人，和一个超过三十五岁四处漂泊没有真正意义上的家的女人，我们约定很多很多相互适应的计划，以避免会因为习惯等等产生的摩擦。我们刚在一起生活，就像是已经生活了一千年，理所当然，风调雨顺。除了这些相互适应和照顾的约定，这个半匈牙利半波兰血统的以色列土生土长的犹太男人不辞辛苦地用温情将我培养出这样的"亲密"习惯：早上醒来，出门上班，晚上回家，吃饭以前，睡觉以前，都要亲吻，相应地会说：早上好，祝你有美好的一天，欢迎回家，好胃口，好梦。"我希望我们有一些我们的家庭传统。"他总是这样说。而我，忽然有家的感觉。

也许我还有些高烧余下的后遗症，我需要时间来适应这种全新的改变了的生活，我用了不短的时间，开始适应这些"我们"，适应那些他在无比爱恋的时候会随意给我起的昵称。

他在处理工作，或者接电话的时候，是一副沉稳而有掌控的男人的样子；他开车的时候，会像众多的以色列人一样，脱口骂脏话，一骂完，对旁边的我真心诚意地说对不起；他在家的时候，是个完全的住家男人，会帮厨，我们站在水槽前，会一个人刷碗一个人清洗，讲当天彼此的工作和同事，看到的新闻，吃完饭他像个中国好男人一样和我出去小区散步，有时候我觉得他真的像我小时候养的那条心爱的大黄狗，会保护我，会温顺地，甜蜜地相伴我左右。我开始不再做恐怖的关于失忆，被追赶，行走在坟地，永远也无法挤上地铁，或者从高处坠落的梦。在极偶然的时候，我会失眠，他用魔力的十指加上希伯来语儿歌帮我入睡。

我们一起生活，从来没有红过脸，两个人的高烧虽然褪去，却依然像天下所有相亲相爱的人一样珍惜和喜爱着在一起的每一天。

虽然偶尔的，我还是会站在窗前，看着凤凰树发呆，或者极偶尔的，本会在心里跳出来，我会对本说，本，你看，我配有这样的爱情和生活。这样在心里低语的时候，我只会有一丝丝惆怅，为的是我和本互相消耗了的人生里那几年美好的时光。

八

　　那是我们认识以后他第二次出差，还是去欧洲。

　　因为我第二天要上班，他坚持不要我送去机场，我们在楼底拥抱告别，他的出租车消失在拐弯口，思念忽然像缺氧的空气一样攫住了我的呼吸，我的肺和心脏一起紧紧地攫住我，眼泪冲上鼻梁，冲出眼眶。

　　这是一种甜蜜到可怕的感觉，那种强烈的失去自我的不安全感在这个时候涌现：我居然，这么快，这么快地就如此依赖和依恋他，我多年来特别是在以色列生活中建立起来的这些自我依赖，居然在"爱"面前立即缴械，如此不堪一击。

　　他在登机前，低低地说了两遍我爱你，我躺在床上，心里划过甜蜜的疼痛，停留在小腹的某个位置：我还是无法相信，经过了千山万水，我终于终于找到他。

　　那只是一个在外三晚的行程，而我却像那些无法相信自己可以如此幸福的人一样，无端生出害怕他的飞机会掉到大洋里，或者出租车会撞到大卡车这样的愚蠢念头。他回来的当天是周五，我开车去机场接他。

他早前在电话里建议我准备些食物，接上他以后，直接开车去南部。

那是二月初，正是沙漠里最美的季节，蓝天白云，满山遍野地开满了虞美人花，到处都是全家出动郊游的人们，我们避开人群，在桉树林里铺上垫子，两个人仰头躺在花丛中，手牵着手，看着天上的鸟飞过。

我躺在他身旁，听着他的呼吸开始匀称下来，天上飞过四只鸟，我有奇怪的念想，觉得那是他，还有我们的孩子。我还问自己，人生是如此的奇怪，我这个北方农村出来的细长眼中国女子，怎么会躺在这个以色列南边沙漠的小树林里，周围有草和花的香气，还有一个我千山万水走过以后找到的心爱的男人。

我胡思乱想，忽喜忽悲，居然和他一样睡过去了。

不知多久，我忽然听到他在唤我，蓝，蓝。

我醒过来。他跪在垫子上，有点紧张，说，蓝。我还躺在阳光里，重新闭上眼，温暖舒服得不想动。

"沈蓝，起来，到这里来。"他郑重其事地叫我的大名，单手拉起发懒的我。我只好爬起来，头发落得满脸都是。

"沈蓝，你愿意嫁给我吗？"他用英语说。

我用手拨开遮到脸上的头发，看到他双眼大睁，盯牢我。我的脑子一片空白，盯着他，或许有一秒，或许有一分钟，说不出话来。

他像个十七岁的男孩一样，有点害羞而紧张地松开手，手心里躺着一颗亮闪闪的钻石戒指。

"你愿意嫁给我吗，沈蓝？"他又说了一遍，这一次，是希伯来语。

"当然。"我忽然大声说，在静谧的林子里，鸟和虫全都听到了。

他小心翼翼地将钻石戒指戴在了我左手的无名指上。我们同时喜极而泣。

我等这一天，等了好多年，从我离开老家的村子，我一直在等，等一个相亲相爱的男人，和我建立我们自己的家庭，有我们自己的孩子，儿孙满堂。等到几乎失望透顶。现在，一切真的来的时候，来得如此真实，一点折扣也没有，那么措手不及，幸福和心酸塞得心房满满的。

我们互相擦干对方的眼泪。他自己忽然拗口地说："现在你是科恩太太。""太太"两个字，他用的是中文，不知道他是从什么地方学来的。

我乱笑乱叫。这名字，好奇怪，好温馨。

九

那天和玛萨一起吃午餐，她马上就看到了我的订婚戒指。

"蓝，我的天，它太漂亮了。你这个中国美女，谈恋爱跟老鼠一样，一点动静都没有，现在忽然就订婚了。老实告诉我，你是不是让他像只大猫一样抓耳挠腮，无可奈何，最后只好用这圈把你套牢了？"

"没有，我只是说，啊，原来你在这里，然后我们就手牵手去玩去了。"我甜蜜地笑着，几乎在对自己说话，玛萨当然听不懂。

艾德拉隐约知道我在约会，一个满脸绽放着幸福光芒的女孩子，怎么能逃得过这个识遍世人的犹太老太太呢。

她发现我的戒指的时候，真心实意地拥抱着我，说，亲爱的姑娘，真为你高兴，现在，让我看看，谁是那个幸运的男人。我给她看手机里我和丹的照片。她在LD工作的时间超过十年，每两年都会经过丹的测试，她当然认识他。

"是丹·科恩？你是说，那个经常把我们当作间谍一样测试的丹·科恩吗？"她不相信地睁大眼睛。"我认识丹，我和艾隆，我们甚至谈论过他，他看上去是个正派的男人，事业有成，却一直单身，我们都一直替他惋惜。你看，我早就说过，你是个聪明伶俐的人儿。"

她拉着我去艾隆的办公室，激动地传递着这个她认为是天大的喜讯的消息。头上戴基帕帽的艾隆和艾德拉一样，总是认为人到了二十五岁，天下的第一大事就是成家立业。他祝福着我，在我的左右脸颊亲吻。并说："丹·科恩，难以置信，难以置信，你们是天生的一对。"

艾德拉在听说我和丹在开始约会三个月以后，丹就把这戒指戴到了我手上的时候，亦是夸张地显示她的惊讶。

"蓝，你是一个杀手，你知道吗？一个犹太男人，在开始约会后三个月以后就向你求婚，要不是你怀孕了？"她试图从我眼里找到蛛丝马迹。"要不你是个杀手？"

"你看，有些事情，可能会不那么常规。"我只微笑着看着她，我想她不知道，我们如何相爱，我们经常互相幸福地叹息，不知道这个世界上，有多少人像我们一样，可以这样真实而天衣无缝地相爱。

"你这个聪明的小杀手。"她亲昵地来捏我的脸，又站起来拥抱我，并再次祝福我，真心实意地为我激动。消息很快传遍了，大家都送给我祝福。

我却忽然想起艾拉。

艾拉，艾拉其实才是唯一的我想分享这个喜讯的人，像当初艾拉和我分享她和艾米特的人生计划一样。艾拉在这个世界上，像是我的娘家人。

我给艾拉发了一封邮件：艾拉，亲爱的，你还在路上吗？我找到了他，他的名字是丹·科恩，我们于上周五订婚了。艾拉，我如此想念你，我希望听到你的祝福。照顾好自己。

艾拉没有回信。我问自己，她在世界的哪一个深山老林里独自行走？她会照顾好自己吗？

十

现在，丹早上醒过来的问候变了——早上好，科恩太太。每次听到他怪声怪气地用中文问早，我就笑成一团。

我在被叫成科恩太太一周以后，忽然意识到，我还没有见过他的母亲，上班的时候艾德拉问起来我们结婚的计划，以及他的家人，我忽然意识到，我还没有见过他的母亲，而这不影响我爱着丹，实际上，他要像我一样才好呢，像一个孤儿，我们是完全属于彼此的，我自私地想，这样让我觉得更安全，因为我们只有彼此。

就像知道我在想什么一样，当晚丹告诉我，他在下班回家路上和母亲通话的过程中，已经告诉她了，这个周五，我们会一起回去见她。

"我告诉她我们订婚了。"他在准备晚餐盘的时候忽然不着边际地说。意外地，这次我没有捕捉到他说这话的信息，我们俩通常是心有灵犀一点通的，完全没有交流障碍。

晚餐桌上有一点安静，我知道，如果他准备好了，想告诉我的时候，他会说的。

晚饭后我们牵手去散步，他开始叙述。

"应该跟你道歉，我一直没有把真实的情况告诉你，我只是发高烧般地爱着你，不想生活里的灰色的东西来影响我们的感情。"说话的时候，他来亲吻我的头发。"我想说的是，我母亲可能会比较不能接受你不是犹太人，但是，请你一定要记住，是我和你，我们一起组成家庭，因为我本身就是一个世俗到不能再世俗的犹太人，除了成人礼那天在犹太会堂里正儿八经地戴过基帕帽，我讨厌传统犹太人拿着上帝的名义绑架这个国家，我们的士兵在战场上牺牲，他们居然会说出'士兵的任务就是打仗，我们的任务就是祈祷'这样的混账话。说远了。我母亲是二战幸存的从波兰逃回以色列的难民，结婚后很快经历离婚，一个人把我抚养大，一直未再嫁。我想，她这一辈子，大概没有什么舒心的时候，所以，我有时候，实际上，有很多时候，我明明知道她在无理取闹，故意刁难，也无可奈何。我的前妻，我们离婚，除了那时候我和她都年轻气盛，还有一个原因，就是我母亲。"

他从来没有真的提过他的前妻，如果他不说，我当然不会问。"你是说，你母亲不喜欢你的前妻吗？"

"我想，她很难喜欢任何人，她连自己都不待见，而且，她总是要涉入别人的私生活，我前妻是美国长大的犹太人，无法接受像我母亲这样的波兰妈妈。你在以色列生活多年，你应该知道波兰妈妈的含义吧？"

"听说过一些。"我说。波兰妈妈在以色列是个贬义词，描述的是那种有强烈控制欲，虚伪而强势的犹太母亲，有无数的冷笑话是关于波兰妈妈的。

"亲爱的，请你不要有所顾虑。"他来看我的表情。"你能成为我的妻子，是我的幸运，没有任何人能阻止这件事情，周五我们回去，不是带你去见她，只是需要她知道，这是她的儿媳妇，我在电话上也告诉她我们已经订婚了。就这样。"

周五我们手牵手站在丹母亲院门前等待开门的时候，他忽然极认真地说："记住，蓝，她的任何反应都不影响你是我想要娶的人，你将是我的妻子这个事实。"

丹的母亲，佩利老太太有七十多岁了，她来拥抱和亲吻我，说："你看，我是一个多么失败的母亲啊！我独自养育大的儿子，到你们都已经订婚，才让我们认识。"说话的时候，去看丹。

我们坐在餐桌旁，她摆上咖啡糕点，坐下来，没有看我，也没有看丹，而是看着桌子上方墙上的一幅油画。

"我听说你们订婚了。你知道，在以色列，订婚前，两个家庭是要坐在一起，商讨很多细节的。"

我忽然被这甚至没有虚假客套的责问噎得吐不出一个字，但是我冷静地看着她，甚至面带丝丝的微笑。如果是十年前，我的眼泪可能会立即涌出眼眶，因为这个我最爱男人的母亲，第一件事，是说我们订婚做得不够得体，哪里谈得上任何祝福。

"妈妈，我告诉过你，蓝是从中国来的。"丹的语气里是大事化小的无所谓。

"啊。当然，我只是告诉蓝，我们以色列的风俗。"她没有回头去看丹，也许对我的处理方法有些吃惊：我依然微笑着看着她，这对我不难，我很多年都是这样假装无比强大地微笑着看这世界。

她忽然注意到我手上的戒指，微笑着抬起我的左手，看着那美丽的钻石戒指。"这真是一件美丽的礼物，丹送给你这样美丽的礼物，你送了他什么呢？"

丹"哗"地推开椅子站起来，尴尬和不悦让他满脸苦相，他去厨房，故意弄出很多声响，大声说："我饿了，我们开始晚餐吗？"

我也微笑看着她，无辜地说："在中国，按照我们的习俗，只有男人会送女人戒指，礼重的父母会送一套房子以及车子。"她看我一眼，站起来向厨房走去，边走边对丹说："当然，有你最爱吃的烤鸡腿。"我几乎可以肯定，当丹告诉佩利跟一个中国姑娘订婚了的时候，他没有收到他母亲的祝福。她很可能会酸溜溜地说，啊，你毕竟是四十多岁的人了，有什么必要向你的母亲汇报呢。

饭菜被摆上桌，她披上头巾，点上安息日的蜡烛，开始祈祷。

说完"好胃口"以后，佩利坐着没动，我刚拿起刀叉，佩利说："你知道吗？蓝，在以色列，你要不是犹太人，以后的生活会有很多问题，还有你们的后代，会有很多问题，你想过皈依吗？"

"够了，妈妈！"丹克制着没有提高声音，"我们说过这个问题，对不对？妈妈，我自己就不是一个信仰上帝的犹太人，我不在乎我妻子不是犹太人。"他将"我妻子"三个字说得重重的。我看他一眼，试图安抚他。

佩利拿起刀叉，看着自己的盘子，对我说："记住，你将来要是生了儿子，一定要知道，他会长大的，不用多久，他就会从那个听话的孩子变成对你没有礼貌的男人。"

我埋头切开那块鸡腿，感觉到丹的脚在桌子下试图安慰我，我也反过去安慰他。我放一块鸡肉在嘴里，微笑着对佩利说，味道不错。我忽然想起本妈妈和本爸爸。他们如果知道我订婚了，他们会来紧紧地拥抱和祝福我，本妈妈的话题则会立即跳到所有的婚礼的细节——我以前梦想过那样的时刻，我和本宣布，我们准备结婚。你看，人生总是这样真实，没有真正的完美。

我想起本爸爸和本妈妈的时候，几乎要不争气地流泪了。丹看我一眼，端起我几乎未喝过的杯子，帮我加水，他的动作，切断了空气里的厚重的委屈。我感激地看看他，咽下了不争气的眼泪。

那是一顿奇怪的安息日晚餐，我们的感情，好像忽然从开满鲜花的小道走入了荆棘，佩利，这个波兰妈妈，亲手种下了这些荆棘，等着看我们怎么走过去。

晚饭后，我和丹一起站在水槽前洗碗。佩利催着丹换灯泡，我想她孤身一人多年，不习惯看两个相亲相爱的人一起洗碗。丹一直说，妈妈，你可以等一下，让我把这里收拾完。

"蓝，你们总是两个人一起洗碗吗？你知道，女人在家里，总是要做得多一些。"她是试图在教育我吗？这让我愤怒。

"佩利，时代不同了，我和丹一样，每天上九个小时的班。"我微笑地说完，保持脸上的微笑回看她一眼。

收拾完后，我坐在客厅玩手机，丹在房间帮他母亲换灯泡，我听到希伯来语说"房子""钱""私事"等字样。我盯着我的手机，明白丹一直没有带我见他母亲，全是为我着想。

在回程的路上，丹忽然把车停到一处开阔的路边，走过来打开我的车门，牵着我的手出去，然后从后面紧紧地抱着我，我们站在旷野里静默地看了一会儿漫天的星星。

丹说："蓝，亲爱的科恩太太，非常感谢你没有被她点燃，她总是这样，拿着她那愤怒的野火，试图点燃整个世界。"

我被他的形容逗笑了。他忽然将我转过身，深深地亲吻我，叹息着说："我爱你，胜过一切。"

我紧紧地搂着他，希望自己能给他些力量。

"自从离婚以后，我从来也没有奢望过带一个姑娘回去，让她满意，或者应该说，我从来没有设想过，将某个姑娘放到这样一个境地，像你今天需要面对的一样，这不公平，我知道，我和你都需要极大的勇气和克制。总之，我不能娶了你，也不告诉她。"

"我理解，我会尽力改变自己去适应她。"我说，但心里没底。但是，为了丹，我愿意做很多事情。

"蓝，亲爱的，你现在的样子，在我这里，无比完美，你什么都不用改变，做你自己就好，求求你，千万不要改变，我就爱现在的你，无比爱。"

我意识到，丹没有像我们商量好的那样，邀请她妈妈在四月底的塞浦路斯参加我们的婚礼。我们都心照不宣地没有再提起。

十一

虽然我和丹都曾经货真价实地发过高烧，甚至在我们认识的第二个月里，每周都买彩票：我和他，我们是两个天底下最不相信自己可能中彩票的人，因为忽然遇到彼此，难以相信地相互感觉像认识了一百年，我们总是认为这样的事情，发生的概率就像中彩票一样。

当然，我们一次也没有真正地中过彩票。而我和佩利见面以后，我们最后的高烧余热也慢慢褪去，我和他，我们都从天上回到了人间。

人间没有什么不好，真实的生活，我和他都经历了好多年，现在可以手牵手相伴，真实的生活后面有很多温情。

自从见了佩利之后，丹开始陆陆续续地讲述他的父母，他父亲约西在丹三岁时和佩利离婚，在接下来的几年中，丹有时候会被接到约西与另外一个女人的家中过周末，过了十岁生日，约西再次离婚，并和他应该支付的抚养费一起消失了，丹以及佩利再也无法联系到他。

"你能看得出来，我妈妈在她的离婚事件中，并不是完全无辜的。可是我的父亲也不是伟人。我虽然没有在他们的婚姻里，我也不知道他们之间究竟出了什么问题，我猜想也许我母亲有一半的坏脾气是在她离婚以后集成的，而我的父亲的这种消失不见的行为则更让人不齿。"

每一次偶然提到这些，他会说："你看佩利，她有这样的一生，几乎没有什么时候是称心的，几岁的时候因为战争跟着她父母逃到白俄罗斯，在林子里砍树，度过了二战那混乱的日子，后来好不容易到了以色列，那时巴勒斯坦地属于英国托管，她们乘的船被遣送到塞浦路斯，那是另外一个形式的集中营，她和她父母在那里生活了一年多，最后终于回到以色列，一穷二白，我总是觉得，她的一生，总是在坎坷荆棘中，我只是尽力希望她过得好一点。"

"是的，丹，你在做一件正确的事情，可是她不能因为自己的不幸而让她周围的人都不幸，我的意思是说，我希望我在她那里是有我的原则和底线的，你虽然是他的儿子，但是她不应该无节制地来折磨你，爱不应该被用作可以责难的理由，当然，你别无选择，但是我不会像你那样，这个我们大家都是明白的，不是吗？"

"我知道我这些年在她那里一直没有原则和立场，她越是年老，越是严重，但是现在，你在这里，这真是一件万幸的事，我除了她，还有你，我现在有你，我们有我们自己的生活，他们的生活，他们的过去，那是他们的事情。"

我看着丹，我想，他以前还有自己的儿子麦克，现在，他真的就只有她和我了，如果她一定要折磨他，那是她的失败，我给他的，只有爱，她的偏执只会让这个甜蜜的男人更多地尝到我付出的爱，而我，我的全部只有他。

我们在去地中海岛国塞浦路斯结婚前和佩利过安息日。

晚饭前半部分一直很安静，晚饭后她开始忽然问我："蓝，你们所有的文件都准备好了吗？"

我一直对她存着戒备心理，总害怕她设坑给我跳，自从第一次见面以后，我就告诉自己，我不会把丹放在我和她之间，我不是不能反击，我只是不愿意被她的怒火点燃，她的戏，她自己唱，如果可能，我甚至不要做观众，要做到这样，唯一的方法是和她保持距离。

我转头去看丹。

"是的，妈妈，没有多复杂。"丹头也不抬地切鸡肉。

"你知道吗？蓝，如果你是犹太人，你们就可以在以色列，举行一个有拉比的婚礼。"

"妈妈，你为什么还要提起这件事，我们不是已经说得很清楚了吗？"丹压抑而痛苦地叫。

"可是，你有没有体谅过，我作为一个犹太母亲，不能看到自己的儿子在拉比的祝福下结婚，是什么样的折磨？"她几乎是眼含泪水地控诉。而我，我不能忍受丹遭受这样的折磨。

"你知道吗？佩利，我很羡慕那些心中真正有上帝的人，他们的一切都可以交给上帝，他们活得宁静而安详，好的坏的，都可以给上帝分享。就像你一样。"我希望丹没有听出我最后那句话的讽刺，但是我希望佩利听出来了。

"是啊，你为什么不先皈依然后你们再结婚呢？"一个总是怒火中烧的人，他们怎么能听见别的声音呢，他们只听得见自己内心愤怒燃烧的声音，显然佩利没有听懂我的讽刺。

"我是在无神论的教育下长大的，现在，接触到犹太教，我倒是希望像你和那些信仰神的人一样，有上帝在自己心里，这样生活会简单很多，但是，你看，如果我心里没有神，可是我却为了某种好处而宣称神在我心里，这是大不敬的欺骗，是欺骗世人的神，包括你的神，所以，请你不要再试图说服我这样做。"

饭桌上一阵沉默，只有刀叉的声音，我对面坐着的那个爱我的男人看到他爱的女人的另外一面，我左侧坐着的波兰妈妈早应该知道，这个世界，不是每个人都像她的儿子一样，虽然是从一颗无比酸加无比苦的树上结出果子，却总是试图把生活里的甜带给她，即使她可能根本没有能力尝到。

她饭后开始反击。这一次对着丹问："你们所有的文件都签好了吗？"

"都准备好了，我告诉过你了，妈妈。"

"那么你们也签了婚前协议吗？"她用的是希伯来语，这证明了我的猜测是对的：在我第一次来见她，在丹帮她换灯泡的时候，从他们有关"房子""钱""私事"隐约的对话里，我猜测到这些信息。

丹不能相信地看着他的母亲。"妈妈，我告诉过你好几次了，这是我的私事，你不应该这样去管别人的私事。"她显然在电话里和丹纠缠过这个问题。

"可是，你是我的儿子，我认为你在做一件不正确的事情，难道这些年不是我一直在纠正你做这些不正确的事情吗？"

"够了，妈妈。"丹说，像要跳起来，可是却伸手来握着我在桌面上的手，像要保护我似的。

"蓝，这是不对的，你们应该签一个婚前财产协议。"她决定忽视他来握我的手，转头对我说。

我试图冷静，找点什么来反击，真实的情况是，我被她点燃了。我盯着她，满脸通红，找不到像样的答案给她。

"这个世界上，有很多人，他们因为没有签订婚前协议，离婚的时候，后悔莫及，你们应该有一个协议，财产协议。"她喝自己的咖啡，一切都在掌控中的样子，我想她一直就想把我点燃，用她愤怒的怒火，像她这样，怎么能忍受周围的人安静而幸福地生活呢？

"佩利，为什么你认为世界上的人都会离婚？"我说，紧紧地握着丹的手。我其实应该说，为什么你认为世界上的人"都会像你一样"离婚，我省略了这几个字，仅仅是为着和自己紧紧握着手的男人。

"将来的事情，谁也不知道，我认为你们应该签订这样一个协议，这对你们双方都有用。"

"妈妈，够了，请你不要再说了，这是我的私事，我有权利决定怎么做。"

"这不完全是你的私事，我辛辛苦苦挣来的钱，你不能这样没有计划。"

"我不是四岁，我已经四十三岁了。"丹痛苦地叫，"请你让我自己处理我自己的事情。"

"蓝，如果你仔细想想，你会认为我是对的。"她再把火力转向我。

"够了，够了，请你就此打住。"他是多么有操守的男人，没有拍桌子，也没有拉着我，甩手而去。他满脸的苦恼让他像老了十岁。

"佩利，这是我们，我和丹，是我们的私事，我们自己决定，我们会为我们的生活负责，这是我们的生活，我们能够管理并且面对一切，这些事情都和我们有关系，跟你没有关系。"

我用很多的"我们"，是我们，不是你和他，你有这样一个儿子，你却不疼爱他，只折磨他，只因你人生里的苦难。现在他是我的，我来疼他，我来爱他。

十二

我和丹谈婚前协议。

我说："我知道签订婚前协议在以色列很普遍，我的意思是在西方社会，这没有什么，我愿意和你签，我只是不愿意让你妈妈觉得我们签这个协议是因为她提出来，我讨厌这个让她自以为是的想法，所以，我们可以签，但是前提是不让她知道。"

"我不会跟你签什么见鬼的婚前协议！如果你认为我们有一点点，哪怕是一点点将来会离婚的可能，请你不要嫁给我，我受够了这些离婚的人，我的父母，我的前妻，我若是娶了你，就是到死也要在一起，我们说好了要一起活五十年的。"

虽然我们从高烧般的恋爱回到现实生活，可是面前这个男人说的一字一句，其实都是我真实的想法。是的，丹，哪怕是有一点点的犹豫，请你不要娶我，我若是嫁了你，只想和你一心一意走到世界的尽头。

"忘记我妈妈吧，她一生都在证明她总是对的，只有上帝才会这样想，而她不是上帝，这是她的悲哀，她不知道自己并不是上帝，她自己的婚姻都是彻底失败的，她不应该干涉我的婚姻，她以前干涉过，这一次，她休想！"

"可是，她提到她给了你钱，丹，我们可以一起把她的钱还给她吗？"

"我刚买公寓的时候，她给过我非常小的一部分钱。相信我，那些钱不是她挣来的，是我的祖母留下给她的。如果我们把这个钱还给她，这个世界就天天有地震了，因为这会让她认为我在抛弃她，不是我一定要接受她的钱，而是，她需要通过这种方式，在我的生活里，插上一脚，扮演一定的角色，就这样，她才有权利说话，你看，我年轻过，现在我已经是超过四十岁的男人了，我爱她，孝敬她，但是她不能来干涉我的生活和我的私事，如你所说，蓝，这是我们的事情，这跟她没有任何关系。"

我忽然想起那个律师大卫说过的话，在你生命中遇见的那些人，是有原因的，我想那些，你生命中出现了却没有遇到过的人，也是有原因的，我忽然想感谢丹的前妻，我感谢我遇到丹的时候，他不是二十刚出头的青年，他现在是一个成熟男人，离过婚，有原则，他知道自己要什么，在干什么。他知道在需要说"不"的时候，能够大声说出来。

我看着他，我想，他这么多年，有没有跟人剖析过自己的母亲，还是他一直就这样将一切都试图埋葬。我想起我的养母，我忽然意识到，在这一点上，我要比丹幸运得多，我至少可以在不想见她的时候躲着她，没有负罪。

四月底在塞浦路斯的市政厅结婚那天，只有我和丹。对渴望家庭的丹来说，在这样的时刻，他希望有人分享。我们手拉手进入市政厅的时候，我在心里给丹许下诺言，二十年后，我们可以在我们自己的孩子面前，再举行一次婚礼。

我们在出发前一天去了丹的儿子麦克的墓前，他在入伍前声明，假如他不幸在以色列牺牲，他希望被葬在这片国土上。

那是我第二次去军方墓地，我想起艾米特，还有艾拉，我对这个"活生生"的国家，多一点爱，看着身旁的丹，也对生活多了些珍惜。我放上鲜花后，帮丹点亮蜡烛，试图离开，他一把拉着我，说："蓝，请不要离开，请和我在一起。"

他用右手拥着我，开始和儿子讲话："麦克，我旁边的中国姑娘，她叫蓝，我们二月订婚了。麦克，你还记得你从美国回来服兵役的那晚像个男人一样和我讲的话吗？你说，你喜欢我会有新的生活，娶一个我爱的女人，有我们自己的孩子。儿子，我谢谢你告诉我那一番话。"

我看着墓碑上那个有和丹一样眼睛的英俊青年，感觉到丹紧紧的臂膀，心里翻过一浪又一浪的伤悲。

丹没有邀请他的母亲佩利参加我们的婚礼，我们两个人都心照不宣地没有提起。对我来说，结婚是我和丹，我们两个人的事情，如果艾拉能在，最好，但是如果这样会让艾拉想起艾米特，那么就我们两个也不错。当工作人员完成程序的时候，他像孩子样的笑——真是奇怪，在这个四十多岁的男人脸上，我总会捕捉到他少年样的瞬间，现在他是我的丈夫，他和我约定至少一起再活五十年。

"好了，你现在是名副其实的科恩太太了。"他把我抱起来，在工作人员的鼓掌声中，抱出了市政大厅。

　　稍后我们去巴黎蜜月旅行，回到家的时候，他将我抱进公寓，说："欢迎回家，科恩太太。"

十三

　　我差不多用了半年时间，来适应丹嘴里出来的科恩太太这个称呼，这半年里的每一天，丹作为一个丈夫的角色，在我的生命里越来越清晰而真实：我是真的有一个相亲相爱的人，他是我的丈夫，他属于我，热恋时候那些患得患失，或者像做梦一样的不真实感渐渐消失了。

　　丹非常快地进入了角色，他是电子工程师出身，我想，在他的程序里，从塞浦路斯市政厅那位胖胖的先生宣布我们正式结婚的时候，他就立即进入了科恩先生的角色，我们除了在家庭生活中继续那些亲吻和问候的家庭传统亲密密码，他主动将两人的账户转到一起，我们将收入合理地分配，我们还是会像恋爱的人一样，在工作的间隙，发些问候，告知彼此的心情，遇到的人和物。

　　我们的第一次红脸是因为佩利。

　　从塞浦路斯回来以后的安息日晚餐，佩利在门口迎接我们，她张开双臂，说："我的孩子们啊！"我看到丹脸上的幸福，我想她永远也不会像本爸爸和本妈妈一样，把我真正当作她的孩子的。不出所料，晚餐的时候她照旧抱怨她作为自己唯一儿子的母亲，被不公正地对待，因为她没有参加儿子的有拉比主持的，会踩踏玻璃杯的犹太婚礼。

我和丹早就约好，如果她开始喷射怒火，我们就顾左右而言他：就好像没有听见她的抱怨一样，我和丹，我们一唱一和地开始讲巴黎给她听，就好像佩利无比感兴趣一样。

第二天丹按照常规和她电话的时候，她提出，我应该像丹一样，隔天给她电话。丹没有直接拒绝她，他试图忽略这个问题；第二次电话，她继续来追问，丹会说，啊，忘记和蓝讲；第三次再追问，丹则说，我可以转达所有关于你的信息给蓝，我的意思是说，我不是每隔一天都给你电话吗？雷打不动！她最后说，蓝，现在是我的儿媳妇，对我来说，她像个女儿一样，我想和她通电话，有什么不对吗？你为什么要阻止我？

你看，这就是以色列典型的波兰妈妈，她们在不想听的时候会闭上耳朵，不想看的时候会闭上眼睛，但是你不能这么做，如果你这么做了，她会说，你怎么能对你的母亲闭上眼睛和耳朵呢？！

丹不得不来给我讲这件事情，他有些底气不足地说："你和她电话一下，随便聊聊就行。"

"聊什么呢？丹。""聊聊你的工作，天气，什么都行，我想她就是需要感觉到自己是个长辈，我们结婚后，她感觉你像个女儿。""女儿？"我提高了声音，随即立即意识到，不能让佩利对生活的怒火灼伤我的生活。

　　我脑子里滑过我生日时候佩利送给我这个"女儿"的礼物：礼物事件是在丹下楼去储藏室帮佩利找东西的时候发生的，她拿出四串项链，全是她用过的，说："我也没有什么好送给你的，这是我用过的项链，我很喜欢，我相信你也会喜欢，你可以从中间选出两条。"那是些大概二十谢克尔①从地摊上买来的玻璃加不锈钢的货，且是她用过的。我脑子在"嘭"的一下瞎了几秒钟后，飞快地思考，不知道她是真的"天真"认为这是一个特别的"礼物"，还是她在试图侮辱我。我告诉自己冷静，不要去想本妈妈在各种节日特别为我挑选的精美礼物，我决定最好的办法是让她自己玩自己的游戏，我提出其中两串，说了声谢谢。她在丹回来之前收起了其他的两串，她一转身进屋，我就将那两串用过的地摊货扔进她的垃圾桶：我没有试图用什么东西掩盖，我希望她能在这垃圾桶里看到这两串项链。我和她，在后来的接触中，从来没有提到过这两串项链，她也没有问过我，为什么我没有使用它们。

　　"丹，也许她从来不曾有过女儿，可是我做过别人的'女儿'，我是说，我有过和以色列父母生活的经历，我认为她不可能把我当作她的女儿。"我尽量让自己的声音平静下来。

　　"可是，也许，值得试试？"丹知道本的故事，知道本爸爸本妈妈，我其实不用提，他也知道自己的母亲，他知道也没有办法，因为他同时还是个儿子。

　　"丹，你告诉过我，你和她生活了几十年，你尝试过无数多次，想要改变她，你告诉我，不要妄想尝试，这些是你说的。"

_____

① 谢克尔：以色列的官方货币。

"对，我是讲过。可是，你也许值得试试，蓝，这只是日常的电话问候。"那是他的母亲，他的语调变得强硬。

"我不想试，丹，我没有什么可以和她说的，作为你的母亲，我尊重她，但是这并不代表我能像你一样，隔日给她电话。"我的脸也开始红了，我一愤怒或者着急就这样，一想到每次有她在，我都竭尽全力不单独面对她，如果有丹在，她不会露骨地来问我私人问题，或者假装无辜地将她生活的不如意的怒火到处喷射，我难以想象，我要每隔一天在电话里单独面对她。

"你看，佩利，她有这样的一生，几乎没有什么时候是称心的，我总是觉得，她的一生，都在坎坷荆棘中，我只是尽力希望她过得好一点。"

"是的，丹，你在做一件正确的事情，可是她不能因为自己的不幸而怪责周围的任何人，我的意思是说，我希望我在她那里是有我的原则和底线的，你虽然是他的儿子，但是她不应该无节制地来折磨你，爱不应该被用作可以责难的理由，当然，你别无选择，但是我不会像你那样，这个我们大家都是明白的，不是吗？"

沉默。

"即使我自己的养母，我也从来没有给她电话。"我说这话，纯粹是为了让丹好受一些。

"你告诉我你的养母去世了。"

"她没有！"

……

"是我自己决定和她切断联系，我只是支付她生活费。"

他看着我，意识到他亲爱的妻子以前撒谎了。

"丹。我们第一次见面，你给我那个要命的测试的时候，我是告诉你，她去世了，因为我不想谈起她，我想逃得越远越好，所以，是的，我撒谎了，而你居然没有测出来。"我忽然咧嘴笑了。我们第一次见面的时候，怎么会设想，我们会成为夫妻，重谈这件事情。

他一见我那被他称为无比迷人的笑，自己也笑了："你是那么无辜，无亲无故，独自一人在异乡。"

"丹，对不起。"我为自己忽然提高声音，和他红脸感到不妥。

"不，不，别说对不起。"他过来拥抱我。"你是对的，我只是，我其实骨子里知道这不是一个好主意，我试图过拒绝她，但是她不放手。"

"丹，告诉她，我是中国人，她也不可能真的多个女儿，丹，我知道，你不想伤害她，但是，这是真相。我热爱以色列生活的原因之一是，我可以说'不'，我不需要像在中国那样，做很多敷衍，我喜欢现在的自己，我是真实的，而且，你看，这不是一次两次的敷衍，这是隔天一次，这会杀了我，在杀死我之前，我一定会把你拉过来，当陪葬品，我的意思是说，这会影响我们的感情。"

我看出来，他没有因为我的幽默而笑。

"你是对的，科恩太太。"他亲吻我的额头，"我知道我这些年在她那里一直没有原则和立场，她越是年老，越是严重。"

又说："蓝，我要你保证，我们，我和你，我们不会因为任何其他人而吵架或者闹不开心，我不允许任何其他因素，来破坏我和你的感情，我不能忍受，我们会红脸或者吵架。"丹记忆里的父母，从来没有好好地互相交谈，他的记忆里，若他们俩见面，总是争吵，他的父亲来接丹去他的新家的时候，父亲和母亲隔着门，就会发生争执，有时候他会甩手而去，有时候在激烈的争吵以后，佩利才会开门让丹出去见他的父亲。等丹上了一点年纪，他的父亲便不上楼了，只在楼下等着丹，他有时候会跟丹说："你将来，千万不能娶一个波兰女人。"丹和前妻之间的不可避免的争执一开始，他就绝望无比，脆弱无比，甚至都没有用尽全力拯救那段婚姻。

我不知道丹最后终于让佩利停止提出此要求，我终于没有像丹一样，隔天需要给佩利电话。但是佩利的怒火，有时候会通过无线电传播，她的逻辑是没有耳朵，只有嘴，只能她讲，她会抛出十万个为什么。丹试图解释，可是句子没有讲到一半，佩利便会开始重复她几秒钟前说过的话，高分贝的，声音颤抖，中间会夹杂着带前缀的质问：我含辛茹苦将你养大。到最后，丹把免提的手机放到茶几上，佩利在电话里讲了大概十分钟，丹一字不言。等她终于停止了，丹说："晚安，妈妈。"然后瘫倒在沙发上。

我过去亲吻他，试图让他平息下来，他说："谢天谢地，你不用像我一样隔天给她电话，在我们这个家庭里，有一个人要这样受难就够了，我难以想象，让你这样被折磨。"

佩利在接下来的生活中，会趁丹不在的时候试探我，关于财产协议，她甚至希望知道，我的工资、我的奖金是如何按照销售提成的，我们目前的财产状况，我的公寓，丹的公寓，我们的账户，甚至在超市的时候，谁在支付？

我在以色列生活多年，知道人与人之间的隐私，即使在家庭内部，也是不可侵犯的，难以想象有人会这样去"挖掘"我的私生活，而令人伤感的是，这个人是我丈夫的母亲。她总是用最无辜、最随意的方式提到这些问题，我有时候看着佩利眼珠周围带一圈绿的眼睛，不明白她是个绝好的演员还是她真的把生活演成了戏；我有时候试图用眼神去制止她，可是我这个黑眼珠细长眼睛里的眼神只对中国人有用，她一贯读不懂，最后，我不得不用其人之道还其人之身，我一概用沉默或者顾左右而言他回避她的追问。

那个周末，告别的时候，常规行贴面礼，闻到她身上的味道，居然有一阵想吐的冲动，我大为惊讶，感到非常悲哀。

我后来才知道，我怀孕了。

十四

那串由十二颗水滴状加二十四颗圆钻镶嵌成的项链是LD的镇店之宝，店面价值超过二百二十万美金，它被放在VIP区域的正前方。我第一次触摸它的时候，一点也没有惊艳，我只是小心翼翼地捧着它，觉得它是一个昂贵的负担，对拥有它的人，是一种压力——因为这样一串项链，套在再美的脖子上，也只会掩盖那脖子而不会让那脖子更美，我也从来没有设想过这串项链会被卖出去，当然也没有设想过它会被偷掉。

那是俄罗斯人爱出来旅游的旺季，恰恰相反，是中国市场的淡季。我有时候会在卖场帮忙，在那些俄罗斯销售中做一些协调的工作。

那天卖场里来了三个俄罗斯团，除此之外，VIP展厅也有两组客人在看那些动辄几十万美元的首饰，都是俄罗斯人。其中一个是玛萨的回头客亚历山大和他的情人，我被指派协助玛萨，按照LD的规定，VIP的销售必须同时是两个人。

亚历山大以前通过网络订购过几款高档货，所以玛萨虽然也是第一次见他，但是也算是老主顾了。亚历山大是一个不超过四十岁的白得耀眼的典型的俄罗斯男人，他的情人是标准的金发碧眼纤腰大胸的二十岁左右的美女。我在旁边除了帮忙提供咖啡巧克力以及高档洋酒，还包括协助玛萨从柜台里取出小情人看中的饰品，当然其实最重要的只是帮忙看好那些珠宝。

我和玛萨，我们像两个久经沙场的战士，对着那盘子里摆放的总价值超过两百万美金的钻石饰品面不改色，亚历山大正在拿着放大镜看一款蓝色钻石戒指的镶嵌，他的小情人则在佩戴着那款项链的同时，试戴一对相同款式的耳环。这时候玛萨的电话响了，是她两个女儿的保姆，说是玛萨的小女儿从凳子上摔下来了，貌似骨折。

她火急火燎地离开，我接替她坐在亚历山大和他的情人对面，一边要求经理艾隆再指派一个人过来，我只会说"你好"和"再见"的俄文，亚历山大只会说"再见"和"你好"的英文，无法交流。

一分钟以后，另外一个俄罗斯姑娘加入了我，作为翻译，但是亚历山大先生显然失去了兴致，俄罗斯姑娘只翻译了一句话——亚历山大需要考虑一下，他明天早上十一点回来，希望到时候玛萨会在。

他只离开三分钟，我就发现那镇店之宝被调包了：按照规定，每一款VIP的首饰，在被客人佩戴和查看之后，都需要特别清洗处理，我在按规定填写好所有的细节，准备将那串三十六颗钻石组成的项链送去镶嵌部门清洗的时候，敏感地觉察到重量和亮度的变化。

监控录像很快被调出来，那小情人在试戴耳环的时候，也是玛萨接电话的时候，从自己的酥胸里取出来仿制品，而那串真的项链被在不到一秒的时间里滑入了她的另外一边胸罩。

LD即刻报警，保险公司立即派人前往机场，在接下来的一个月里，机场有专门的警察，等着亚历山大和他的小情人的出现。

卖场立即关闭，不再接待新的顾客，另一组VIP顾客被请到休息室小憩，玛萨从医院里被叫回来，我和那个俄罗斯姑娘也被留下来配合调查。因为丹是我的丈夫，丹的合伙人艾迪（LD的所有安全和监控都是由丹的公司铺设提供），保险公司的人和警察一起出现在LD卖场里，录像被反复地调出来查看，警察也特别查看同在VIP的另一组客人，排除了他们共同作案的可能后，客人被送走。

那是一个焦灼的黄昏，空气里都是焦虑眼神，除了艾隆过来给我简短的安慰，丹发过一个简短的短信：他后来跟我解释，为了避嫌，他不便给我电话，也不便出现在现场。实际上，自从我们订婚以后，丹的合伙人艾迪接替了丹在LD的所有工作。

我和玛萨，还有后来加入的俄罗斯姑娘，我们试图对彼此说点什么，却又都暗自觉得倒霉而无语，所有的取证和调查录像被反复查看后，已经是晚上十点，在回家的路上，我感觉到自己被抛入了一个深黑的黑洞，原因是未解的，而丹不能出现在那里，那是我们知晓怀孕后一周。

十五

警察和保险公司的人后来又来过几次，除了知道亚历山大和他的小情人并没有在机场出现而神秘消失外，我们对整个案件的进展一无所知。

三天后，丹的合伙人艾迪给我还有玛萨以及后来加入的俄罗斯姑娘进行了针对当时情况的测谎检测。

从来就不喜欢俄罗斯人的艾德拉替我叫屈，同样叫屈的还有最后加入的俄罗斯姑娘，玛萨有时候会在我面前诅咒那个老顾客亚历山大。丹告知我，处于专业职业化的考虑，他没有就这个案件问过艾迪任何问题，而专业的艾迪也只字未提。因为对保险公司来说，艾迪的测谎检测紧密关系到保险公司的赔付政策。

我的生活变得沉重，那串闪花人眼睛的项链让人头疼，怀孕后荷尔蒙的转变让我更加烦躁。丹一直沉浸在我怀孕的喜悦中，他精神奕奕，更积极地抢着做家务事，看上去像个三十来岁的年轻帅爸爸。

用验孕棒测试的那天早上，我六点醒过来，测试后在结果没有显示之前爬回床上，继续呼呼大睡，也许我就睡了十分钟，也许一个小时，我醒过来，看到丹坐在床边，爱恋地看着我，满脸泪水。

"怎么啦？"我从未见过他这样。

"你怀孕了。"他说，他的笑从咧开的嘴慢慢荡漾开去。"我们将会有一个小佩佩公主。"

"真的吗？"我去取他一直紧紧握在手里的验孕棒，未及看清楚。他已不顾一切地紧紧搂着我："蓝，科恩太太，我们会有一个小中国人，我将是她的爸爸，多神奇啊！这是我这些年收到的最好的消息。哦，蓝，亲爱的科恩太太，我们将开始经营我们自己的家庭。"

"你怎么知道他会是个女孩？"我说，还没有那么快地进入角色，毕竟我的肚子还像以前一样，没有任何变化。

"我知道，我知道她是一个和你有一样可爱鼻子的女孩。"

"可是我不喜欢我的鼻子，它太塌了。我倒是希望他是一个有你一样的高鼻子的男孩子。"不知道是不是荷尔蒙作怪，或者我已经开始嫉妒肚子里那个小人儿，他会从我这儿抢走很多爱。

"不管是男孩，还是女孩，我都会像爱你一样爱他，如果是男孩，我们叫他麦克。如果是女孩，我们叫她顺收。"

我望着他，静静地抹去他的眼泪，他的双眼在晨光里炯炯有神，我们对视着，直到彼此眼里都涌出更多的泪水，那一刻我忽然明白，他需要一个孩子，来帮助他完成自己年少就缺失的东西，他的父亲没有给他的那些正常的父爱，而麦克在两岁时候被他的前妻带回美国，从此以后，他一年大概有两次见麦克的机会，他在自己父亲那里缺失的东西，他的麦克依然缺失，这一次是他自己作为父亲，他需要和一个孩子一起长大，和他在一起，每一天，和他经历成长的所有的第一次，第一次抬头，第一次爬行，第一次坐起来，第一次站起来，跨出的第一步，他第一天上幼儿园，上小学，带他出国旅行，为他举行成人礼PARTY，教他刮胡子，送他去参军，选择大学，结婚生子，所有这一切，他自己童年缺失的，而麦克因为他而缺失的，这一切，他都需要付出去给他自己的孩子，像一个真正的父亲一样，这样，他才会完整。

而我，我将有我自己的亲骨血，并和眼前这个相亲相爱的男人，从他出生的第一天，就守护着他，他从第一天叫爸爸或者妈妈的时候，就会知道，自己不是被抛弃的，没有被领养，他的中国母亲，会教给他中文，带他去中国看她的根，他会长大成一个有趣而充满爱的人。那些我缺失的东西，我们的孩子，这个现在还是小不点的东西，他将来全部都不会缺失。

现在，是丹来抹我的眼泪，说："我真高兴，我们的家庭会增加一位新成员。"

我在等待我们家庭新成员的过程中，等待着那串LD镇店之宝的结局。

我主动和我的经理艾隆问过几次情况，他看上去毫不担心："蓝，警察或者保险公司会给出答案的，不必为此担忧，这是一件不幸的事情，但是既然发生了，自有它发生的理由。"心里有上帝的人，生活究竟可以容易到什么地步？

稍后传来的消息，这个所谓的亚历山大其实在南美做过同样的一桩盗窃贵重珠宝的勾当，显然他是有备而来。

保险公司雇佣的侦探，开始和玛萨接触，调查以前亚历山大订购的珠宝情况：玛萨没有做错什么，一个从网上订购过两次超过十万美金首饰的顾客，按照LD的规定，是应该在VIP顾客名单里，所以，他们在网络上也有权限进入LD的高档首饰区，显然，这一串假的钻石项链是早就预备好了的，而且玛萨承认此人问过很多关于这串项链的细节。

最后加入进来的俄罗斯女孩在调包事件发生一个月以后提出辞职，辞职理由是无法承受压力，在听取了艾迪的建议以后，LD同意她辞职：调包的准确时间发生在玛萨接电话的时候，在我接手之前那短短的几秒时间里，那小情人将胸罩中的假首饰提在手上，而脖子上的这一串真的，滑入了她另外一边的胸罩里，这个俄罗斯女孩加入的时候，亚历山大和他的小情人实际上已准备好离开。

玛萨开始接受更多的询问，她说她不记得是否和这个亚历山大聊过私人的生活问题，比如她有两个孩子，有个保姆带孩子，离婚等等。因为不是牵涉很重要的信息或者会议内容，玛萨的电话并未录音，所以无法知道更多的细节，但是听说保险公司的人和玛萨的保姆也进行了接触。

这听起来像是一桩早已有预谋的盗窃案。丹说："但是，大家都很清楚，和你没有关系。"

我唯一内疚的是，太过大意，因为是玛萨的回头客，我理所当然地没有像平时那样高度警惕。

玛萨在近一个多月对调查的抱怨中迎来了孩子们的暑假，

按照每年的惯例，她带着两个女儿回莫斯科和自己的寡母度假三周。三周后，只有她一个人回来了，两个女儿留在了莫斯科。玛萨在俄罗斯犹太钻石大亨里奥的公司谋到一份不错的新职。

"蓝，亲爱的，我其实早就受够了以色列，要不是我第一个女儿的爸爸不愿意我带她离开以色列，而以色列的法律在这一点是完全偏袒他们以色列人的，我可能离婚后就离开了，在这里，我是孤身一人，我的母亲，在莫斯科也是孤身一人，我在外漂泊了这些年，现在大女儿也超过十三岁了，而我母亲也需要人照顾，她爸爸终于半推半就地接受了我们将在莫斯科生活的计划。我受够了这里的犹太人，还有他们的希伯来语，以及犹太人和阿拉伯人之间的恩恩怨怨，你要是现在问我当年还会不会同意跟他从纽约来以色列，我的答案肯定是否定的。"

玛萨的辞职遭到一些拖延。

"他们无法阻止我，我已经和里奥公司签订了合同，我母亲无法一人在莫斯科照顾我的两个女儿，她们很快就要上学了，而我连学校也还没有为她们找好，必要的时候，我会请律师的。"玛萨对我说话的样子，是一副准备好了还击的姿态。最终玛萨在LD的律师面前签署了份即使回到俄罗斯，如LD需要将会全力配合珠宝调包案的声明后从LD离职。

玛萨离开以后，我的大老板找我谈话，这个头顶上戴着犹太小帽的亿万富翁告诉我，他对我的中国市场的成绩非常满意，珠宝调包事件警方和保险公司会处理，不必多虑。丹相信，所有的调查，都让警方和保险公司确定了我是清白的。

珠宝被调包后不到两个月，保险公司裁定按照该件首饰价格

的百分之七十支付了保险费，我知道LD并没有真的损失，而保险
公司也不愿失去LD这个每年就其珠宝投入了大额保险费的钻石公
司，况且这种珠宝大盗有机会在世界上的某个地方被抓获。

而我在这个消息发布之前一周，失去了我们的孩子。

十六

　　我无法知道失去这个我们永远也不会见到的孩子的原因是
什么。

　　我曾经描画过很多次他的模样，他是我们深深相爱的结果，
他会是一个非常灵性的孩子，他会有丹的大眼睛，高鼻梁，会有
我的头发，我的长腿，他对我来说，会像天使一样美。

　　丹一下老了十岁，虽然他总是说，我们很快就会有另外一个
孩子，他一直试图保持的正面和乐观看上去有些力不从心，心
不在焉。

　　我身体上的疼痛很快就过去了，我用我这些年来在以色列生
活里学会的微笑面对戏剧人生的本领还算轻松地度过了刚开始
的阶段。

　　可是精神上的疼才刚刚被感觉到，它来去无踪，悄无声息，
在任何一个角落都可能潜伏，随时会遭遇。在那知道怀孕以后的
两个多月里，我们每天谈论的都是孩子的话题，我甚至已经从中
国订购了一箱儿童画本，抽屉里还保留着试孕棒阳性的测试结

果，超声波时候看到的他心跳的黑白照片，我们给孩子取的大名，小名，我们根据他将会出生的星座，设想他的性格，我们无数次地勾画他的鼻子眼睛睫毛头发以及肤色：我希望不管是男孩还是女孩都像丹，可是丹只想要一个小中国人，像她妈妈小时候一样，因为他没有在那里，他想看看他的中国妻子是如何从一个小小的中国娃娃长大成人的。

我又开始做那个在中国的时候经常做的梦，一个永远也拨不出去的电话号码，我在梦中的手指明明知道应该要拨九，可是按下去永远都不是九，最后终于急醒过来。

只有在夜深人静的时候，我才会忽然意识到我们真的失去了什么，我甚至莫名其妙地想起我的生母，那个我从来不知道高矮胖瘦的女子，她从哪里得到我，坚持把我生下来却又抛弃我，我试图隔着时间和空间，毫无证据虚无缥缈地去感受她当时的感受，我想我开始原谅她了。

我有时候在半夜醒过来，一动不敢动，因为我不想惊醒最近睡得很浅的丹。我在黑暗中看着天花板，意识到忧伤会上瘾，像毒品一样吞噬生活，我开始责怪自己，我们不久就会有孩子，我和丹，我们在做一系列的深度检查，试图找到原因。虽然医生说，这是很正常的，在我这个年纪，像我这样无原因地失去孩子的几率在25%。

我在工作上变得沉默了，如果不是当初因为购房而签订的五年合同未到期，我其实不介意换一个工作。

四月的时候，丹的公司接到一家在美国的以色列公司的订单：丹需要出差三周，在这家公司新的办公大楼里铺设所有的安全监控系统，另外，他需要给公司的五位高层员工做测谎检查。

我居然有点暗自喜欢这个安排。这样，如果我晚上睡不着，可以起来看书，或者用电脑，我在白天对着某一个地方发呆的时候，他不会过来抱我，或者递给我一杯我爱的酸奶，目的是为了转移我的悲伤情绪。因为他在，我不能对着自己大哭一场，或者一整天躺在沙发上不起身。

丹显然不喜欢这个出差的主意，但是他的合伙人艾迪的妻子怀孕八月，显然不适合在这个时候离开，丹还是不愿意这个时候去出差，一去三周，太长了，他试图找到可以代替的人，甚至问我愿不愿意去美国旅行，但因为签证和我的工作的问题，我无法在这么短的时间内搞定一切而随行。

在我跟他保证我会在周末逾越节的时候去佩利那里吃晚餐，下一个周末会开车去海边做瑜伽，我会给自己做好吃的中国菜，或者看无聊的电视剧，每天都会给他电话，做一个乖孩子以后，他别无选择地同意出差。

我刚遇到丹的时候，对他那些像父兄一样的关爱趋之若鹜，可现在，我只想一个人面对我的悲伤：我无法在他面前悲伤，我如此爱他，不能忍受他看见我悲伤时候老十岁的模样。

十七

自从我来以色列以后，过了很多次逾越节。最开始在本的那个大家庭的时候，逾越节和其他节日是我和本像朋友一样相处的时间，本妈妈有两个姐姐一个哥哥，我们通常是在三十多个人的家庭聚会中享用美食，享受这个温暖大家庭的相处时光，餐桌上有老人和孩子，本嫁到欧洲的两个姐姐会在逾越节或者新年回家，还有很多已婚未婚的表兄表妹在一起，对非常注重家庭的犹太人来说，那是每个犹太人都希望的一种过节的样子。

而科恩家庭的聚会，就只有我和丹以及佩利，佩利会弄一些简单的仪式，然后她会进入她的常规的抱怨模式。

我去和佩利过逾越节，只是因为我答应了丹，而且我们说好了，晚餐的时候，会一起通电话。

在去以前，我在自己心里设想了很多阻截她会射向我的各种炮弹问题的方法，如果她再敢送给我用过的地摊货，我会当着她的面告诉她，我认为我受到了侮辱。我确定自己完全准备好了，会全身而退地度过这两个小时的时间：我和佩利，我们爱着同一个男人，却彼此厌恶，这是对丹的一种伤害。我有时候会就我不能像女儿一样对待佩利感到抱歉，可是丹安慰我，你看，蓝，生活总是充满希望的，我已经和我妈妈很多年了，基本能做到刀枪不入，可是从你这里，我的中国姑娘，和你在一起以后，我才感受到真正的生活，而且我们才刚刚开始，说好了五十年的，不是吗？所以，我的好日子还在前头呢。总是这样，丹用他的积极正面以及尊重让我想尽力做得好一点。

那将会是一顿奇怪的晚餐，我因为不会做符合犹太人洁食规范的食物，所以只抱了一束鲜花：我在佩利门前等她开门的时候，禁不住要失笑，两个互相不喜欢的女人，一个却要送另外一个鲜花，而且要一起度过这个奇怪的逾越节晚餐。

那确实是一个奇怪的逾越节的晚餐，她这一次，没有来问我任何隐私问题，没有要送我用过的地摊货。我掐着时间到的时候，她已经勉强准备好了餐桌。我一进去，她就忙着点蜡烛，披上头巾，祈祷。

完了，她笑着说，我向上帝祈祷你们会赶紧有孩子，这样，要是丹再出差，我们多少会热闹些。

你看，总是这样，只要伤口还未及结痂，总会有被碰到撞到的时候。我面无表情地看着她，我相信她试图从丹那里知道我们的孩子的事情，这一次她读懂了我眼里冷冷的拒人于千里之外的表情。她的已经浑浊的眼睛甚至闪过一丝惧怕，我忽然对她生了怜悯，她一定知道，这个世界上，只有丹可以容忍她的所有。

"要是麦克在，也好啊！"还好她自己忽然转移了话题。"你知道吗？当初，她要带着麦克回去美国的时候，我不明白丹为什么要放弃抚养权。"

　　"按照我对以色列的法律的了解，如果离婚，孩子应该是跟着母亲，对不对？"

　　"是的，是的，但是麦克是在以色列出生的犹太人，如果丹提出来，麦克应该会被留下来，她如果要抚养权，她可以在这里生活，而不是带着麦克离开这里回去美国。"我想起玛萨，她跟我抱怨她丈夫不同意她带着女儿离开以色列回俄罗斯。丹从来没有给我讲过这些，我不确定我真的想知道更多细节。我把花插好，帮助她将她准备的食物放到餐桌上。

　　我给我自己和她倒了红酒，说逾越节快乐。她面对着冷清的桌面，没有举杯，不能停止说话。我想孤独的人有两种，一种总是对着自己的内心说话，一种是在有另外一个人在的时候，不断地说话。

　　"麦克去了美国生活后，丹每年专门去一趟美国，是麦克放寒假的时候。放暑假的时候，麦克就会回来以色列过，那孩子虽然有些他妈那样的美国做派，可是每次回来了，都会来看我，带给我自己打工挣钱买的礼物，有一年新年是在九月初，他甚至和我们过了新年才离开，那次过节热闹极了。"

　　我决定让她说，如果她不来针对我，我不介意做个听众。

　　"这孩子去美国就算了，偏偏要回来服兵役，当初他是可以像丹一样去情报部门的，可是却要选择做伞兵。"我知道我必须制止她，因为她开始满眼含泪。

　　"算了，佩利，都过去了，不放手又能如何？"

　　"每次过节，我都会想起他，他本来是计划服完兵役在以色列读大学的，你看，要是他在，他现在已经在大学里了，他很可能就和我们在一起，过这个逾越节。"她的眼泪终于滚出来，我没有足够的爱站起来，去拥抱她，我只是像个很克制的以色列人一样，递给她一张纸巾。

"这鸡腿很好吃。"通常我们一起吃饭的时候，关于她的单调的食物，她会追问很多遍，好吃吗？味道如何？很香，对吧？她有时候会在丹回答三四次好吃以后才会罢休，可是这个回答在强迫样得到肯定的答复以后的后果就是，你的盘子会被放入很多食物，而且你必须吃完：既然好吃，为什么不吃完呢？

惯常我们在饭桌上，如果要转移注意力，这样说总管用，她会立即再往你盘子中拨很多食物，可是现在，她完全没有像平常一样出牌。

我这辈子，很不走运，要不然，我们也不用这样孤苦伶仃地坐在这里吃饭。我想，可能是因为我一个人过日子过惯了，如果一个人过节日，我不会那么伤感，我认为孤苦伶仃的时候，是那些青少年时期的事情，后来我在北京学习和工作，生活有很多难题，几乎没有太多的时间来感觉孤苦伶仃。

"没什么，佩利，不就是一个节日吗？不要想太多了。"

"你不是犹太人，你不能理解这样的节日的意义，所以你无所谓。"我告诉自己，你看，开始了，她就要开始说服我皈依，为了我自己，为了我们的孩子等等。我低头吃饭，甚至没有给她看我的脸色，我不喜欢她试图伤害人以后却以惧怕的眼神来回应别人对她的反击：这种逻辑是无稽的，只能她伤害别人，别人连反击本身都是对她的伤害。

"我本来有个姐姐。"她停顿了几秒，又开始述说："可是她不愿意相认。"

我从来也没有听丹说起过，他有个姨妈。我真的很惊讶，也很高兴她再次转移话题。

"希特勒侵占波兰的时候，我姐姐十一岁，我三岁，我父母带着我出逃到白俄罗斯，在那里的森林里砍树为生，而把我姐姐设法送回到以色列。我不太记得那森林里的生活了，衣不蔽体，但是冬天太长太可怕了。她食而无味地咀嚼着盘里的鸡肉。我那时候知道以色列，一直盼着能回到这里来，好像这样就安全妥当了，可是我的姐姐并不感谢这个决定，她恨我的父母把她孤身一人送到以色列。战后我们辗转到以色列，却被英国人堵在海上，连踏上以色列的可能都没有，最后被迫调转船头，在塞浦路斯的集中营里待了一年多才返回来。"

我想起来本的外祖母，那个八十多岁的波兰老太太，她和众多的兄弟姐妹被一起送到集中营，二战结束的时候，一大家人，她是唯一存活下来的，她虽然也离过婚，可是有四个儿女，儿孙满堂，现在，她对每一天都感恩戴德地活着。我相信和佩利有类似经历的人，在以色列，在她的周围有很多，如果她不愿睁开眼睛看到，她并不是那个唯一的最不幸的人，那么我是那个最不合适去掰开她眼睛让她面对现实的人。

"那时候我姐姐已经快十六岁了，我们来以色列以后一年多，她嫁了一个做钻石切割的摩洛哥人，她和我父母的关系非常不好，到她第一个孩子出生，她就不跟我们家联系了，当然了，她嫁了一个富有的男人，而当时我们家的情况非常糟糕，我父亲后来还得了肺癌，我去找过她，她不愿意帮忙，我母亲去世的时候，丹去她家门口贴了告示，然而她并没有来参加葬礼。你看，就是我自己的亲姐姐，也是这样，即使她恨我父母当初将她独自送来以色列，那也是没有选择的，你说是不是？"

佩利的反常的行为让我预设的多种"阻击"她的进攻的方法毫无用武之地，相反的，我对目前的情况束手无策，惯常的以色列，他们在长年不断的战争和恐怖袭击中历练出来的人生信仰是，强者生存，软弱是最大的无能。以色列的兵营里，一代又一代流传着这样的理念：那些没有杀死你的人和事，会让你更坚强，那些杀死你的人和事，会让你的母亲更坚强。

就在我措手不及，不知道如何安慰她或者反应的时候，丹的电话救了我们。

佩利抢着讲电话，她最后在电话里说："还好有蓝，要不然我就简直不要活了，我一个孤寡老太婆，又病又老，这样一个人过逾越节，难道我这辈子受的苦还不够吗？"

在丹面前，我立即看到那个"正常"的永远看不到正面的佩利，我时而厌恶她，时而可怜她：我想，她是二战的牺牲品，她是整个大屠杀事件被牺牲了的一代，丹是被牺牲了的第一代牺牲的第二代，我的孩子，这些大屠杀幸存者的第三代，我希望他们能远离这些阴影。

十八

那个逾越节，除了和佩利有意思的晚餐，还发生了另外一件难以料想的事情。

逾越节的开始和结尾都是法定的国家休息日，再加上中间的周末，整个国家处于半放假状态，LD的工作，也可以每天提前一个小时结束。

我除了在丹离开的第一天晚上在洗手间里对着镜子大哭了一场，为我们那半途夭折的孩子，其余时间，我会整天躺在沙发上，有时候吃喝很多东西，几乎每隔一个小时就会去开一次冰箱，有时候我一整天都不觉得饿。我躺在沙发上，可以用一整天的时间来看一本厚厚的书，晚上不到十点我就无比犯困，我会睡到第二天十点，除了和丹每日通电话，我几乎没有张嘴讲过话：我在一个仿佛没有时间空间的生活里，像个鬼魅一样在房子里走动。

所以，当家里的座机电话响起来的时候，听上去确实有点诡异，丹惯常会打我的手机，座机电话当初是为了传真而装的，难道是佩利吗？我立即紧张起来，害怕她会通过话筒发射什么疑难问题给我。

电话里是一个老男人像半旧风箱样的声音："丹，我找丹·科恩。"

"丹不在，他在出差。"

"你是谁？"

"你找丹有什么事吗？"

"我要丹·科恩接电话。"

"他在美国出差。"

……

"你是谁？"

"我是他妻子。"

"妻子？"

"是的。"

……

"听着，我是从郎尼医院打来的，在耶路撒冷南边，丹的父亲，约西·科恩先生，他在医院里，他想见见丹·科恩。"

……

"喂？"

"在呢。"

"你是丹·科恩的妻子？"

"是的。你是说丹的父亲生病了吗？"

"是的，是的，丹·科恩的父亲，约西·科恩，他在医院里，情况不太好，丹什么时候能来？"

"丹在美国，要一周后也许才回来。"我不确定他想……

"那么你来吧，你来也行。"

……

我不知道是不是因为他着急，或者因为他的年纪，难道他没有听出来我是外国人吗？我简直无法想象，我要去见这个从来也没有见过，丹自十岁以后也没有见过的所谓的父亲。

"但是，我不认识他，我是说，丹过一周就回来了。"

"你不是丹·科恩的妻子吗？你来是一样的。"

"我……"

"约西·科恩在住院部371房，就这样吧。"

"喂？"

……

那边挂了电话。

我在屋子里走了几圈，试图把这个忽然出现的约西·科恩先生放到我生活的拼图里——显然不应该告诉丹，他远在千里是其次，即使他在以色列，他并不愿意见他父亲：我需要他的时候，他不在，现在我见他还有什么意义呢？难道我现在需要他吗？我认识佩利以后，脑子里总是偏向于丹的父亲一点：我难以想象，谁能和佩利这样的不幸的灵魂白头到老，况且，他们离婚的时候，丹只有三岁，按照佩利的操守，她绝没有可能离婚以后还试图在丹的意识里树立他父亲的好形象，也许有些东西被扭曲了。

十九

在去郎尼医院的路上，我一直在问这个问题：如果有一天，忽然有个男人跳出来，说是我的亲生父亲，我会愿意去见他吗？我一路问自己，直到郎尼医院，也没有找到答案。

当我捧着花站在371房前的时候，我意识到，我来这里，是想替丹，那个我深深爱着的男人，替他问问约西·科恩先生，他为什么要忽然消失？他为什么要抛弃他的儿子？

轻轻敲过门以后，没有任何回应，我心里滑过莫名其妙的恐惧，也许我应该昨天放下电话就来，也许我已经没有机会替丹问这个问题了。房间里空无一人，没有一束鲜花，被窝看上去是一个人离开时候的状态，我握着花，在病房中间站了两分钟，不知道该怎么办，最后看到床头的病历上写着约西·科恩，才肯定这确实是我从未谋面的公公的病房。

我将花放在床头，准备找找看是否有一个花瓶可以将它插起来，这时候护士推着轮椅进来了。

我一转头就知道轮椅上坐着的是丹的父亲，他除了头发全白，乍一看，额头眉毛眼睛都和丹一模一样。男护士说，啊，有人来看你了，好吧，你是要继续坐到轮椅上还是坐到床上？

约西没有回答护士，只是盯着我，那一刻，我毫无疑问地看到了四十年后的丹。

男护士和我点点头，出去了。

"你好，科恩先生，我是蓝。"

"蓝？"

"是的，蓝·科恩。"我们结婚以后那一年去内务部换身份证，丹急切地要求工作人员将我的身份证上的名字换成蓝·科恩。我只觉得怪异，告诉他，在中国，女人出嫁以后是不用改姓的。"可是，你在以色列，你现在是蓝·科恩，你是我的太太，你属于科恩家庭。"他那么急于用一切去装点和填满我们的"家庭"。"况且你告诉过我，你说中国有句话叫嫁鸡随鸡嫁狗随狗。"我哈哈大笑，不记得什么时候和他讲过这样的话。

"丹·科恩的妻子，我是。"

"哦！"他张大嘴巴，大出一口气，伸出双手来握我的手。我立即就知道，丹那双手，是从什么地方来的。来以前，我还一直在问自己，我是应该像家人那样跟他行贴面礼，还是应该就跟他握手。

"这真是太好了，非常好，你真了不起。"他忽然想要站起来，我过去扶他。

"不用，不用。"他走到床头，拿起自己的拐杖，"走，我们去外面咖啡区坐坐，这里气氛特别不好，让我觉得自己像个病人。"我记得电话上那个半旧风箱的声音说，约西·科恩情况不太好，而眼前的约西看上去精神不错。

我跟在他后面，惊讶地发现丹除了比他高一些，连背影也和他一模一样。

他请我喝咖啡，又说："你看这里没有什么特别好吃的，不过你随便，你要什么都行，我请客。"他说"要什么"的时候，简直是一个皇帝的口气，仿佛不是说那里的咖啡糕点，而是说我的任何要求。

"你来看我，你真了不起。"他反复说着这句话。

我微笑着看着他，没有试图掩饰我在看他这个事实，这时候我发现，他的眼睛的颜色，是和丹不一样的，他的眼睛里还留着欧洲人的那种婴儿蓝，而丹的眼睛已经完全是深棕色了：是那种土生土长的以色列人被地中海的阳光烤得透亮的眼睛，这种忧郁梦幻的婴儿蓝只适合欧洲那样的浪漫而水土丰足的土地，不适合以色列这片被阳光和战争反复炙烤的土地。我记得，我和丹，我们在谈论我们失去的孩子的眼睛的颜色的时候，他曾经说过，他父亲的眼睛是蓝色的，我们的孩子，还是会有小小的机会。

"你是哪里来的？"他问。未等我回答，他接着说："我很高兴丹娶了一个外族女子。"我看着他，不解的表情。"你知道，最好不要是波兰女人。"他自以为幽默地笑。

"你是日本人吗？"他注意到我没有笑。

"不，我是中国人。"

"啊，中国人，这太好了，非常好，你是中国哪里的，香港吗？"

"不，我是中国内地北方的。"

"我有一年去过香港一周，很可惜，没有去内地。"

"科恩先生，你为什么住院？"我意识到我不可能问一个生病住院的老人，他几十年前，为什么忽然从他自己的亲生儿子身旁消失。

"请直接叫我约西。我其实没什么，就是淋巴发炎，你知道，在我的喉边，这让我说话和呼吸都很困难，他们总是以为我要死了，其实我还结实着呢。"

"你今年多大了？"

"八十二岁。你知道吗？有一件很奇怪的事情，我的生日是五月九日，丹的生日是九月五日，刚好是反过来的。"

……

我不知道是不是该谈丹，因为他要是知道我来看约西，他的反应会是什么呢？

"那天也是德国投降的日子，你知道二战吗？"

"哦，对二战的历史，我知道一些。"

"没关系，那是我们那一代的事情。你看，我用了二十八年的时间，找到了我父亲的坟墓，丹可以用三分钟找到我，就是这样。"

"可是，科恩先生，丹当时才十岁，他如何才能找到你，你失踪了。"这话哽在喉咙里，我看着他，我替我爱着的那个男人难过，也许也是替自己难过，眼泪眼看就要漫过喉咙，我喝了一口未加糖的苦咖啡一起将它们吞咽下去。

"他现在可以用三分钟找到我，我还活着，我的父亲死了，我用了二十八年找到他。"

"你的父亲？"

"对，我的父亲，我那时候十二岁，我父亲有天晚上出门，就再也没有回来，那是7月5日，他出门以后，托人送一张照片回来给我母亲，那照片，我可以给你看。在她去世以后，我想去找出真相，但是，那时候以色列和匈牙利没有建交，直到1982年，我第一次回去了匈牙利，什么都没有找到。我去到以色列的匈牙利大使馆，问过很多次，没有找到任何有用的信息。我有个朋友，他在耶路撒冷的大屠杀纪念馆工作，大屠杀纪念馆你肯定是去过的吧？虽然在那里找到了些东西，但是还是不够，然后，我找到了一个人，他的工作是帮人寻找过去，他可以帮你寻找到各种东西，人或者物，我去求他帮助，他说，没有问题，你要找什么，我把我父亲的名字写给他，他帮我找到了几个人，完全一样的名字，但是他们都不是我的父亲。再后来，在耶路撒冷的大屠杀纪念馆，我找到了他可能遇害的地方，可能。我写信给布达佩斯管理犹太人墓地的经理，告诉他，我在寻找我父亲的坟墓，以及他可能遇害的地方。他也发给我几个人的名字，但是他们都不是，后来他说，他发给我在那个我父亲可能遇害的地方去世的所有人的名字，就这样，我找到了。坟墓上写着他出生的日期和他去世的日期，完全是对的，我父亲出生在1897年，去世于1945年。"

他讲完故事，一点都没有喘，他看上去真的还蛮结实，只要他不提丹，一切都好。

"啊……可是谁做的这些事情，我是说，他们有详细的记录。"

"犹太人社团，布达佩斯的犹太人社团。"

"这样。"

"是的，就是这样。我两年前去了那里，清扫我父亲的坟墓。现在，那坟墓是干净整洁的，可以看到墓碑，可以看到他的名字。这就是我为我死去的父亲所做的。我用了二十八年找到我父亲的坟墓，丹只需要用三分钟就可以找到我，而且我还活着。"

我听到自己的不熟悉的陌生的笑。

"只需要三分钟，一直都是这样。"他的淡蓝眼睛，看上去还算清晰。

"可是当你消失的时候，他只有十岁，怎么用三分钟找到你？这个完全可以理解的。"我因为着急，一时找不到"可以理解"的希伯来语，就用了英文代替，我后来想，其实我们用我并不特别好的希伯来语交流是正确的，我害怕如果是英语，我会对他高声说，他需要你的时候，找不到你，现在他不需要你了，你却责怪他不用三分钟来找到你？你是什么逻辑？！为什么你和佩利，你们都要这样不讲逻辑？！难道就因为你们经历了大屠杀，你们的下一代就必须遭受你们的各种不可理喻？毫无逻辑？不讲道理？

沉默。

服务员这时候过来了，询问我们是否还需要些什么。

稍后我知道他住在耶路撒冷市中心的养老院里，但是他自己做饭，也不用帮工，他说那里都是孤寡老人，很多像他这样的二战遗留下来再被家人抛弃的人。我只是沉默，我想是他先抛弃了他的家人，至少，是他先抛弃了他的儿子。然后护士来了，他说，科恩先生，你必须休息，转头对我说，你知道已经过了会客的时间吗？我站起来，象征性地亲吻他左边的面颊，说，我再来看你。

我逃也似的离开医院，才意识到我没有问他的电话，也没有给他我的电话。我在车里犹豫要不要回去，最终决定离开，我不太确定我真的想再见到他。

我记得我拿到大学录取通知书的时候，酣畅淋漓地痛哭了一场，我养母在旁边阴阳怪气地说，终于要展翅高飞了，还哭啥？那三年的高中我是在县城的重点高中上的，学校每个月放一次归宿假，我尽量不回家，或者去某个同学家里，或者一个人留在学校里，报考志愿的时候，选择了遥远的北京。

二十

我去接从美国回来的丹，我看着他从关口走出来，心里生出欢喜，虽然每日电话，可是他离开的这三周，那种难以置信的"我居然真的找到你了"的幸运感重度重生。他好像瘦了些，我看着他推着行李微笑着向我走来，我在他身上看到科恩先生，或者我看到科恩先生在他身上，这是一种奇怪的感觉，现在我知道他是从哪里来的，可是我不能告诉他。

我们继续着各种检查，一切显示都没有问题，可是我就是不能再次成功怀孕。

我开始发现我失去了快乐的能力，像我遇到丹以前一样，像我在中国城市里学习和工作的时候一样，像我和本在一起的时候一样，人生满是灰色，丹带到我生命里来的那一抹灿烂的亮光不再照亮那些阴影。

是一个偶然的机会，在电视上看到某个以色列歌手因为抑郁症自杀，我忽然电光火石地意识到，我其实一直都可能是个病人！我在网上查很多资料，我意识到，可能很多年以来，我都是个或轻或重的抑郁症患者，我只是，从来没有意识到。从青少年到认识丹，我认为生命里那些不如意或者不快乐是常态的，丹带给我的生命里的阳光和快乐，是我一生几乎没有体味到的，我以为，一个抑郁症患者的全部灰色就是生活的真色彩。

我只是忽然变得沉默了，沉默让我好受些，我仿佛失去了和丹心有灵犀的那种链接，他的幽默偶尔会让我苦笑，有时候他会用拇指和食指来捏我极偶尔荡在嘴边的笑纹，他眼里闪现一瞬即逝的担忧，"我只想留着这个笑，我如此爱你笑着的时候。"他说。我总是会泪流满面，是的，我经常哭，像我和本在一起的时候一样，小小的一件事，或者电视里的一个忧伤的画面，我都会潸然泪下。

丹还是那个温情的，耐心的父兄加情人，我相信他感觉到了我的痛苦，就像我感觉到他的痛苦一样，我们都没有说出来，我们避而不谈，我试图自己独自赶跑阴影。我也意识到，佩利其实也很可能是抑郁症患者，她的所有的负面的、挑刺的抱怨，只有一个多年的抑郁症患者才会这样，我忽然拿着我的抑郁症理念去看周围的很多人。可是另外一个我很快就替丹叫屈，他是如此甜蜜，用他的坚韧和乐观一直担待着从他母亲那里来的酸涩和阴暗，他配有一个快乐的妻子。

自从我认识丹以后，我从来没有这样低落过。

好消息是艾拉给我写信了。

艾拉在信件里还附上了她和她的爱尔兰丈夫的照片，他们在爱尔兰的某个岛上经营一家客栈，他是一个微胖的红脸男子，和艾米特没有任何相似之处，艾拉看上去很宁静，她说她近些年都没有回以色列的打算，请我帮她把她的私人物品邮寄给她。

你看，总是有人把他乡当故乡，我和艾拉，我们就是最真实的例证。

本偶尔会发给我一封邮件，他顺利地考上了希伯来语大学的农业分校，他后来遇到一个伊朗移民回以色列的犹太后裔女孩，他们在一年半后订婚了。

我的生命忽然安静了，没有以前的强烈的逃离欲望，没有和丹在一起的激情，我的生命忽然进入了休眠期，我在半睡半醒之间一直没有等到我们第二个孩子的到来，经过的所有检查，都证明，我和丹，我们没有理由，不会有一个健康的孩子。

约西·科恩先生第二次打电话是以色列和加沙再一次烽烟四起的时候。

一如从前，巴以双方的冲突无休无止，愈演愈烈。

这一次，从加沙来的火箭弹的射程可一直到耶路撒冷，甚至往北靠近海法的区域，而以色列的"铁穹"防卫系统这一次发挥了超乎想象的作用，该系统通过雷达跟踪，在哈马斯发射火箭弹的时候就会响起警报系统，提醒大众往防爆屋躲藏，同时如果检测到火箭弹会落向居住区，该系统就会发射导弹，通过引爆空中来袭的火箭弹最大程度上减少伤亡来防卫。

警报有时候会在夜间响起，那是以色列最冷的十二月，我们懒得去防爆屋，被警报惊醒后紧紧地抱作一团，虽然知道在"铁穹"系统的防卫下被哈马斯的火箭弹炸死的机会几乎等于中彩票，可是越演越烈的冲突还是让人恋惜当下的每一刻。

丹还在继续上班，LD因考虑到安全和顾客大量减少的情况，休假两周。

我在冲突开始后的第三天再次接到约西·科恩的电话，"丹在吗？"他的第一句话说。

自从我和他见过一面以后，我试探过丹。

"丹，如果你的父亲忽然出现了，想和你见面，你愿意吗？"

"不。"

"也许你应该听听他想跟你说什么？"

"我告诉过你，亲爱的，我需要他的时候，他不在，现在，我完全不需要他，我有我自己的生活，我有你，不管他想说什么，我都不感兴趣。"

"也许见见他，能知道他当时为什么离开，毕竟你那时候还小，而佩利未必会太愿意说他的好话，我如果是你，我会见见他。"

"你想见他？"

"为什么不呢？"

"我跟你讲，科恩太太，如果你一定想见他，请你不要跟我讲任何关于他的事情，我一个字都不感兴趣，不管他做出什么样的解释，我都不会买账。"

"你是说，你不反对我见他吗？"我偷眼看他，知道他没有生气。

"我不反对，亦不支持。"我欣赏这个男人对我的尊重。

其实我也不太确定是否真的想知道他为什么离开丹，事情过去很多年了，难道我真的想知道我的亲生父亲为什么抛弃我吗？

我其实已经不在乎了，我现在有我自己的家庭，回头看依然没有意义，我应该往前看，一旦我们有自己的孩子，我们，我和丹，还有孩子，我们将是一个相亲相爱的家庭。

"丹不在。"

"哦，我就是害怕他被召回部队，你知道，又开始打仗。"我听得出来，他只是想找个机会打电话。丹在和我结婚前两年已经连后备役也结束了。

我决定去见他，我得告诉他，他不能再往家里打电话，我不想丹烦恼，而且最好不要让丹知道，我们见过面。

那天是以色列和加沙冲突的第七天，我们约好在他养老院附近的咖啡店碰头，不明白他为什么要告诉我他会在手里拿着报纸，我虽然只和他见过一面，但是我会在人群中一眼认出他来，就像我会一眼认出丹。我看着他穿着白色条状衬衣正准备穿过斑马线，忽然传来"铁穹"发出的火箭弹来袭的警报声，对面餐厅的两个厨师不躲避反而冲出来，手里拿着手机，想拍"铁穹"拦截火箭弹的情景。

约西·科恩仿佛一个耳聋的人一样，神色安然地穿过斑马线，走进咖啡馆。我知道他参加过若干次战争，可是对他的安定从容还是有些不解，见他从咖啡厅的玻璃窗口往里望，我对他挥挥手。

他走到我的对面，坐下去，将手里的报纸放到桌面上，说："你看，我想我们不认识，这个手里拿着报纸的老办法总是管用的。"

我有一瞬间以为自己的耳朵出了问题，毕竟他在说希伯来语。"你从哪里来，日本吗？"他忘记他问过我同样的问题了，我忽然紧张得双手冒汗，不知道如何回答他。"你看，我用了二十八年的时间，找到了我父亲的坟墓，而丹可以用三分钟的时间找到我，我还活着，可是他没有这么做。"

我确定他的记忆或者脑子出了问题，他也忘记了他所有说过的话，但愿那只是因为他当时在医院里，也许他因为生病，服了什么药，他毕竟八十二岁了。他穿着干净的衬衫，面容和丹看上去非常相似，可是他的眼睛是如梦幻一般的蓝色。

他重新开始讲他如何找到自己父亲的坟墓，最后他又说："你看，我用了二十八年找到我父亲的坟墓，而丹可以用三分钟的时间找到我，可是他没有这么做。要不是我费尽心机找到了他家里的电话，我估计他永远也不想听到我的消息，不过还好，他没有娶一个波兰女人，你来看我，你真了不起。"

"科恩先生，你是如何找到丹家里的电话的呢？"我不能确定，他真的明白我是丹的妻子这个概念。

"请叫我约西，我有个朋友的儿子在市政厅工作，他通过电脑查到了丹每月缴房产税的单子，然后找到了家里的电话。"

"约西，你当年为什么离开丹？"我一直在脑子里压抑自己不把这个问题问出去，可是，越是压抑，越是会在不经意间蹦出来。也许他起身离开这个咖啡馆以后，就会忘记我们的谈话，这样最好。

"我当年不是离开丹，我是不能和丹的母亲——佩利那个疯女人一起生活。"

"为什么你们不能一起生活？"问完我就后悔了，这跟我没有关系，我只想知道他为什么离开丹，他怎么能抛开那个我爱着的，坚韧而甜蜜的男人，简直不可思议！

"没有人能和佩利那个疯女人生活，当然她会说，没有人会和约西生活，是这样的，我们这些经历过大屠杀的人，总是比较难相处一些，但是我告诉你，这是真的，没有人可以与佩利一起生活，她是一个疯女人。"

"也许，你是对的。但是，丹是你的儿子，你为什么离开他？我的意思是说，你再婚以后，依然时不时地见他，可是在他过了十岁，你忽然消失了。"

"我没有想过离开丹，我是被逼迫的。我认为佩利很疯狂，她不适合抚养孩子，我再婚以后，试图把丹的抚养权争取过来。我那时候有把枪，当然我有持枪执照，当时我还在西奈沙漠里打仗，等我回到我第二任妻子那里的时候，家里有两个警察等着我，桌子上是我的枪，佩利到警察局去诬陷我试图杀她和丹，这怎么可能呢？我看起来像这样疯狂的人吗？"他拍着胸脯，他虽然满头白发，但是实际的年龄看起来没有八十岁，他看上去确实不像会杀某人的样子，可是他的记忆出了问题。

"就这样，你消失了吗？"

"我没有消失，我去了国外，我去了多米尼加共和国，我在那里种甜瓜，几年后，当地出现动乱，我再次回到以色列，不管如何，匈牙利也好，多米尼加也好，以色列才是我的家，除了以色列我还能去哪里呢？我在寻找我父亲的坟墓的过程中，找到了我的一个表兄，是我父亲的妹妹的儿子，他已经转信了基督教，我说，让我们保持联系吧，毕竟我还有个表兄，可是他不愿意，他不愿意和我这个以色列人保持联系，不愿意就不愿意吧，你看新闻吗？匈牙利现在有一股排犹势力。"

"哦，我记得我看过一个纪录片，是匈牙利的一个反犹的大政党获得了议会的很多席位。"

"很好，你是个了不起的姑娘，你来看我。你知道吗？我这一生，非常简单，就做错了一件事：娶了一个波兰女人回家，就像从街上捡到一个吉卜赛女人，我可怜她，把她领回家里，她到我家里以后，却把我扫地出门。我曾经这样，现在是这样。"他把手高举过头顶，然后又放低到地面，以此来形容佩利将他如何从高处抛到低处。

"可是科恩先生，事情过去很多年了，如果你不忘记，或者你不原谅，你的生活怎么向前呢？"我从来没有兴趣和佩利谈她的曾经的婚姻，我也不知道她是否原谅他了，当她每一次开始说"谁也不知道我这一生如何悲苦"的时候，我和丹，就会对望一样，知道悲苦的叙述又要开始了。

"当然，当然，可是这就是生活，生活就是由这些丑恶的不堪的事情组成的。"

"你如果不忘记和原谅，这些丑恶和不堪就会一直都在，你怎么过以后的日子呢？"

"我大部分时候是忘记了的，要不然，我怎么能活到今天呢，我肯定早就疯了，但是我有时候还是会想起来。"

"你从丹那里消失，是为了惩罚佩利，是吗？你在利用丹惩罚佩利！"

他有点呆了，看着我，眨眼睛。我记得丹告诉过我，人在撒谎的时候，会不自觉地多眨眼睛，我几乎确信我说的话击中了他。我只是，我有时候会有奇怪的念头，我的生父抛弃我，只是为了惩罚我的生母，为着我可能永远也无法知道的原因。

"你知道吗？我去了多米尼加共和国，在那里有个SUOSO的村子，那里住着犹太人，我在那里种甜瓜，后来当地发生暴乱，我才回到以色列。我用了二十八年的时间，找到我父亲的墓地，丹可以用三分钟找到我，他是大孩子了，他可以亲自来问我，当时我为什么要离开他消失掉，我可以亲自告诉他原因。"

我想起丹的话："我一个字都不感兴趣，不管他做出什么样的解释，我都不买账。"

"也许，我是说，如果你消失不联系的原因，是真的可以理解的，也许我可以告诉丹。"我不知道自己在干什么，我意识到我应该站起来，和他告别，送他回到养老院，他确实看上去是一个没有问题，思路清晰的老人，而有时候又会迷糊，不知道我对面的约西究竟是怎么回事。

"丹本来有个妹妹，她叫玛雅，佩利没有照顾好她，她在三个月的时候去世了，那是佩利的错，你知道吗？她是一个疯女人，她只想找到能刺激我的事情，让我难过。"他的浅蓝的眼睛水汪汪的，看上去忧郁浪漫。

我忽然恨自己来见他，现在，我应该相信他还是不相信他？我觉得自己像捅了马蜂窝，我不能接受这个我从未预料到的原因，特别是在失去了我们的孩子以后。我想我也不必真的想知道我亲生父亲为什么不要我，这真的不重要，我应该学习丹，这些糟乱的过去，应该被深埋在地下，直到死，都不要去碰。

　　"她是个疯女人，是的，我们这些大屠杀的幸存者，多少都有些疯狂，可是她真的是个疯女人，没有人能和她生活。"他端起咖啡，浅喝一口，他看上去，是完全正常的。

二十一

　　我忽然厌倦了城市生活，我们决定将我们各自的公寓卖掉，在耶路撒冷郊外买一栋带园子的房子。

　　我们依然每个月从盼望到失望，犹如海潮，荡起期盼的高峰，然后在失望的岩石上摔得粉碎，一次又一次，我们像是退潮后的沙滩，疲惫不堪地散落着死去的贝壳，一两根撕裂的海藻，还有搁浅的回不到海里的水母。我找借口拆掉了家里的电话，只在科恩先生生日的时候，给他的养老院里送一束花和蛋糕，对于佩利，我能躲就躲。

　　我们用了大半年的时间卖房子和买房子：我意识到我们想一起做的这件事情，让我和丹更加靠近，我们在看了无数的房子以后，在耶路撒冷往北的基布兹里购买了一栋老房子，那老屋的年纪比以色列国建国的时间还长，屋前有两排近百年的榕树。搬进房子的第一件事，就是在西边种上了两棵凤凰树，我们的花园里也要有各种果树，我们开始用大把的周末时间，在花园里劳作，种上那些以色列无法买到的中国蔬菜，冬天插下大量玫瑰，春天再移栽。这确实是一片上帝许诺的淌着奶和蜜的土地，因为光照强，只要有水，植物就像疯了一样生长，玫瑰在第一季就开出鲜艳芬芳的花来。

我和丹，我们依然在播种和收获中等着我们的孩子的到来，虽然我们对此只字不提，但是我和他，我们彼此都知道，我们静默的生活像炼狱，直到有一周，丹出差，周五的时候，佩利忽然出现在我的花园里。

她先是抱歉没有提前电话告知她想来拜访，然后她说，她需要见见我，在丹不在的时候。

"我今天来，丹也不知道，我只是想和你谈件事情。"我惊讶于佩利的多面性，我从来不知道，佩利能这样轻描淡写，不像一贯地带着文学的夸张的描述那样来讲述事情。我看着她，想，她是不是想知道我们新买的房子，在谁的名下，我当然会告诉她，在我们共同的名下。

"你知道，丹非常爱孩子，他希望有几个孩子，至少三个，这一点，我们可以知道，我们犹太人，我是说，天下的父母，都是希望有孩子的。"我盯着她，我想我有点恶狠狠的，我可以用那些每个月"希望退潮"带给我的失望而产生的痛苦的力量将她击得粉碎，我想因为我的生母和养母，我天生就对"母亲"这一角色毫无尊重，更何况是眼前这位集中营幸存下来的犹太波兰妈妈，她举着她的苦难大旗，日复一日地酸蚀着她自己的生活，以及她唯一的儿子的生活。

"佩利，你们当时为什么没有生第二个孩子。"我忽然没头没尾地问，我忘记我告诫自己的话，远远地离开她，和她保持距离，不要被她的怒火灼伤。

"为什么？因为我们离婚了。"她看着我，她的浑浊的眼睛闪过一丝惧怕，在她饱受折磨的脸上试图从我这里检测到更多信息。我心里忽然升起怜悯，这让我更加恨她：她总是咄咄逼人地准备喷射怒火，在你举起灭火器的时候，她却忽然开始可怜兮兮地下起悲伤的酸雨。她总是能让你缴械。

"你们为什么离婚？"我就像在问我自己的生母，你为什么要生我，生了我却又抛弃我？

"我们离婚，是因为孩子，丹有个妹妹，她在三个月的时候患病去世了，这件事情，丹并不知道。"她这时候看着我，却又好像没有看着我，她的眼神空洞遥远。

"但是这并不是重点，重点是，没有人能够和约西一起生活，约西是丹的父亲。"我惊讶于她的话，我知道约西并没有疯，他告诉我的，都是真的。我记得约西说过同样的话，佩利是个疯女人，没有人能和她一起生活。即使到今天，把他们俩放在一起，他们肯定还是会像丹的唯一记忆一样，激烈地互相指责咒骂。

"麦克的去世，对丹是个严重的打击，可怜的丹，可怜的麦克。"她几乎要垂下泪来，我不仅放下了自己的灭火器，我甚至开始真心诚意地自责，虽然我还是能从她的假装擦拭眼角的动作或者是语气里都看到她演戏的那一部分，她要是不要把自己弄得那么戏剧化，大家都会好过些吧。

"是的。"我说。

"后来你们结婚了，我也没有反对，你看你们也不小了，我想着丹可以有他的孩子，两个或者三个。"她避着不看我的眼睛，因为如果她看到的话，她无法假装看不懂这个东方女子细长的黑眼睛里再次烧起的怒火。

"可是，你却从此不能生育，我认为，这对丹不公平。"我脑子里轰的开了锅，总是这样，我的脑子有时候会忽然关闭，什么信息都没有，处于一片黑暗，沉寂无声。

"我想，如果你们离婚，丹也许还有机会，和另外一个女人生孩子……"

这时候我的脑子忽然被雪白的光照亮，声音还有些遥远，但是一个字一个字地嵌入了大脑皮层。

佩利，我的婆婆，她趁丹不在的时候，来劝我和他离婚吗？她知道不知道？我找丹找了大半辈子，我们不会像她和约西那样离婚的，我们如果在一起了，就永远也不会分开。等一等，等一等，我从此不能生育？

"蓝，你看，你们结婚，我并没有怎么反对，你也是个不错的媳妇，可是对丹来说，没有孩子，人生完全失去意义了，我知道我的儿子，而且我也只有这么一个儿子……"

"谁告诉你我不能生育？！"

整个屋子非常安静，我等着这个疯狂的佩利告诉我，她是从哪里得来这个虚妄的想法，我的妇科医生手里拿着所有的检查，那些检测里有以色列最尖端的医疗测试，他难道还不比眼前这个从二战中走出来的七十多岁的波兰女人更有对我们能不能有孩子的发言权吗？

"我以为丹告诉你了。"她说得无比平静，因为她很确定地分出了胜负。我看到她右眼下的静脉跳动了两下，你看，我是一个测谎专家的妻子，我立即认定她撒谎了。而且我看到她为此感到高兴：她告诉了我丹一直瞒着我的事情。

"丹也许不愿意面对现实，或者他为了不伤害你，独自揣着这秘密有两年了，但是我不能看到我自己的儿子做错事，在我的面前，我这个当妈的，就这么一个儿子，我这一生已经够悲苦了……"

"佩利，你的儿子，丹，他四十多岁了，他受过高等教育，他的IQ以及EQ都很高，他是一个独立的个体，他不像你或者你的前夫，你没有权利打着母亲的旗号来介入他的生活！"

"你看，蓝，我是快八十岁的老太太了。"她说这话的时候，心平气和，因为她成功地看到我在愤怒中燃烧。"我希望我的儿子有他自己的孩子，我希望有自己的孙子，我希望，他们是犹太人，一代代传下去。"好吧，现在，她当然没有忘记，我不是犹太人，而现在，因为我不能生育，反而成全了她，她可以把新账老账一起算。

"这是我们，我和丹的事情，我们自己决定怎么做，我们已经是成年人了，这和你没有关系！"

"蓝，你看，我是一个经历了很多的女人，我的这样一辈子，没有多少女人会有……"

我"啪"地推开椅子站起来，我听够了这句话，世界上的大屠杀幸存者不只她佩利一个，离婚独自抚养儿女的好母亲多的是，这个世界从来不缺少苦难，但是有很多人，他们没有拿着他们人生里受的那些难，像流脓的肿瘤一样恶心地去示人，获取同情或者践踏折磨别人的特权。

"我想，你也不错了，你们如果离婚，你可以分到比你以前的财产还要多的财产，这也算是补偿了，我认为这是对你们好。"她还是坐在那里，无辜地盯着我。

"佩利，你让我们做婚前财产证明的时候，也提到了，这是对我们好，你能不能省点力气，照顾好你自己，对你自己好，这样丹也许可以有轻松一点的生活，你知道不知道你的行为对丹是多么大的压力？"我"啪"地将椅子推回到桌子下，是送客的姿态。

"什么，你是说我是丹的负担吗？"

"你知道丹需要多少能量，才能化解你这些积蓄了几十年的负面的东西？你知道不知道你在电话里无理取闹，害他头疼病犯了，半夜起来去厕所呕吐，你知道不知道？你和约西，你们两个人，养出这样一个儿子，他独立自强，兢兢业业，乐观有爱，他没有一丝一毫像你们一样，我为他感到骄傲，你要知道，他不是你的私有财产，他是一个独立的人，你怎么可以口口声声地说爱他，你真不害臊！"

"你是说，你不准我给我的儿子打电话吗？你是在说，他有了你以后就应该不理他这个孤寡老母亲吗？我不爱他！这个世界谁爱他？"你看，对于一堆愤怒的怒火，你不需要加油，你只需要将她放在真实的世界里，她自己就会被自然的风吹得呼啦啦地燃烧。丹和我描述过佩利的逻辑还有她的毫无理由的夸张，当这一切真的发生在我这里的时候，我还是惊讶。

"你的爱，全部都是以折磨和恨的形式付出的，你其实根本不相信爱，在你的字典里，夫妻之间，只有互相的斗争，钱财的争斗，控制权的争斗，爱是最其次的，或者根本不存在，即使存在了，也如你对待丹的扭曲的折磨，你自己称为爱。"

"你这个中国女人简直疯了。"她几乎要拍桌子。我忽然明白，我是疯了，我没能守着底线，我没能像以前自己告诫自己的那样忽略她的怒火，在这个丹不在的日子，我被她的怒火点燃了，我为我将会带给丹的强烈余震感到遗憾：佩利可能到死都会不断地在丹的耳边提起这件事情，她的儿媳妇是如何侮辱她的。我只怜悯丹，我只后悔，我处处小心，最后还是把他放在了我和她母亲中间。

我转身进自己的睡房，关上门。

她还在客厅里，甚至哭泣着述说她的冤屈，我打开收音机，并不得不调到高音量，那是一个地中海的酷暑天气，阳光亮得要刺瞎人的眼睛，我静静地看着窗外，没有流泪，这么说，我是不能和丹有我们的孩子吗？我遇见丹，是我一生最完美的事情，这么说，我们的完美只是会以这样的永远不可能完美的不完美来结束吗？

二十二

丹带着黑眼圈提前一天半回来了。

他进门的时候，是黄昏，我已经在沙发上不吃不喝地昏睡了一整天，像个标准的抑郁症患者。

他放下行李，坐到沙发前的茶几上，低下头来盯着我，像是一个父亲试图钻进生气孩子的眼神的姿态。

"蓝，你知道我有多爱你吗？"他说。他身上还有机舱的味道，混合着他的香水。

我坐起来，投入他的怀抱，我一生都没有那么绝望过，我不能有这个男人的孩子，我们，我们两个人，比任何人都会更加爱我们自己的孩子，可是我们不能有自己的孩子。

"谁爱蓝·科恩？"这是我们婚后的恋爱物语，他会在动情的时候，问，谁爱蓝·科恩，我会说，丹·科恩爱蓝·科恩。或者在我说"丹，我爱你"的时候。丹会说，蓝·科恩爱丹·科恩，这真好。

这一次，我没有像以前那样饶舌地回答，失控一般地哭泣，他最后看我收不住了，开始摇着我唱歌："你是我的阳光，我唯一的阳光，你让我欢喜，当天空阴霾，你永远不会知道，我有多爱你，请别带走我的阳光……"

爱坚强如死亡，我破涕而笑，有佩利就够了，我曾经告诉过自己，她要带给他多少磨难，我就会为他传递多少欢笑，我是那样告诉自己的。

我后来知道，佩利在离开我们家后，立即就给在欧洲出差的丹电话，他当时在一个测试的面试中，接起来后，还没来得及告诉她他会打回去，她就已经开始哭诉，丹最后不得不关机，以便能完成那个测试。

"可是你为什么不告诉我，为什么你不跟我说实情？"佩利离开以后，我疯了一样打开那个有我们的医疗检查的结果的文件袋，那些从右往左写的冷漠的希伯来语很快就将我抛入了无知的深渊：我根本无法读懂上面写了些什么。

"我无法亲口告诉你，妇科医生告诉我的结果，我无法告诉你，我觉得那样会杀了我们彼此，我宁愿相信中间出了错，我甚至虚幻地梦想着有一天，你忽然告诉我，你又怀孕了。"他看上去那么累，黑眼圈，两鬓多了白发，平常让他显得性感的未刮的胡子现在只增加了他的苍老，他的笑纹依然存在，增加的是眉宇之间深深的紧锁。

"可是你告诉了佩利，我不喜欢这件事情由她来告诉我。"我说完就自责，难道一定要提到佩利吗？

"是无意中说出去的，我那段时间内心压力特别大，给她电话的时候，她每次都提，就责怪我们为什么不生孩子，我那天工作上也不顺利，结果就无意中说漏了。对不起，亲爱的蓝·科恩太太。"他舌头伸出来，装成我的大黄狗的样子，哈哧哈哧地用他的高鼻梁来拱我的塌鼻子。

"不，不要说对不起，我们之间永远不要说对不起。"我捧着他满是胡须的脸，说："谁爱丹·科恩？"

"蓝·科恩。"他答。深棕色的眼睛里浸出一滴晶莹的眼泪来。

二十三

我知道佩利在给丹的哭诉里，没有提到她来要求我和他离婚，我不想提，我只希望，丹是个孤儿，没有约西，没有佩利，没有这一对二战戕害下的父母，他是一棵长在这片圣土上的凤凰树，我是一颗不知道父母的凤凰树种子，漂洋过海地被风吹到他的身旁落地生长，从此以后，我们肩并肩站在一起，枝叶在风里握手，根在土地的深处交错。春夏秋冬，花开叶落，我和他，只有我和他，无需过去，无需将来，我们站成彼此的模样。

加沙的冲突在一个月之后停止了，埃及介入了调停，谈和在双方的互相指责中不断崩溃，要不是一边拍桌子离开，要不是另外一边大骂另外一边是骗子加杀人凶手。吵吵停停两周，双方又回到了暴力面前。

我和LD的合同已经满五年，我决定从LD辞职，我忽然厌倦了这份需要不断用语言来说服别人购买的工作，我烦透了自己叽里呱啦地说话，况且LD让我想起我们失去的孩子。

我在接下来的时间里一直和抑郁症抗争，我偶尔出去做些翻译工作，像个正常人一样，有时候我会从醒过来的那一瞬，就知道自己当天会陷入情绪的最低谷，我要不在花园里汗流浃背一整天地工作，要不一整天无所事事，不断地开冰箱，猛吃猛喝。有时候却在沙发上看一整天的书，不吃不喝。

我不愿意让丹知道我的状态，我只偶尔和艾拉写邮件。我从来不在警报响起来的时候跑去那个公用的防空洞，我站在我自己的院子里，站在两棵凤凰树中间，看着蓝天上哈马斯发射过来的火箭弹被"铁穹"发射的导弹击碎，房子的窗户因此震颤了几声，一切归于平静。

在那些躺在沙发上胡思乱想的时间里，佩利所说的离婚的混账话在我脑子里生了根，我有时候想，也许她是对的，丹还有机会，拥有他自己的孩子，自己的骨血，虽然他有时候会似有若无地提到领养一个孩子，我如果爱他，应该成全他，他纵然不舍，但我可以单方面成全他。

有一天我做了一个梦，梦见一个人赤脚在热带雨林一样的大森林里徒步，满腿满脚都是荆棘刺刮出的血，可是我在林阴遮天的树林中快乐奔走。我的身旁，没有丹。

这个梦，后来总是以不大的变化出现在我的梦境里，就像那年我在中国辞职出去旅行的时候，总是梦见在长长的空无一人的海边行走，身旁有人，可是看不清容颜，我那时候总是认为我会有一天死在路上，死得其所。

我和丹在一起以后，非常奇妙，我的梦里，总有他，就像我们从小就认识，可是我和本在一起的那些年，我的梦里，总是一个人，分开后我反而偶尔梦见他。

艾拉听说我的梦境，鼓励我去旅行："蓝，亲爱的，一个人去旅行，走一走那些你可能一辈子也不可能走的路，看看别处的蓝天，让自己变得陌生，成为时间之外的过客，去那些没有人烟的地方，或者在灯红酒绿的某个路过的城市酒吧喝醉……最重要的，来爱尔兰，我想拥抱你。"

我和丹提到长途旅行的时候，他失望透了。

"我们可以一起去某个地方度假，蓝，我和你，我们一起。像以前去布拉格或者巴黎一样。"

"可是，丹，我需要一个人，独自旅行。"

"我们可以选一个地方，我至少可以休三周的假。"他本来想到我从LD辞职了，可以休息调整一下我自己，万没想到我想出门长途旅行。

"三个月，我希望至少是三个月，也许是半年。"

"这么长？"他满脸都是失望。"我不能没有你，我不能离开你三个月，这太残忍了。"

"你可以的，丹，我相信，你一个人生活过很多年。"

"那些年都不算。"他咬牙切齿地说。"那些年，蓝，那不是生活，我告诉过你，我在那个岛上，我以为那就是生活，但是那不是，蓝，直到你来了，我才真的开始生活，这才像个家。"

"丹，我们可以离婚，丹，这样，你可以有……"

"请你打住，请你不要说下去，我永远都不会跟你离婚，就因为你不会生孩子吗？这是什么混账理由？我们可以领养两个孩子，我们可以领养两个女孩，我们会爱她们，你会是一个完美的母亲，你不会像你的养母那样。"

我们谈过几次领养孩子的事情，他甚至已经咨询了相关手续，他说我们可以领养一个深色皮肤的埃塞俄比亚的黑人犹太小孩，我们也可以领养一个黄皮肤的中国小孩，我们会从小就告诉他们，他们是被领养的，但是我们会爱他们。

我只是流泪，丹便不说了。

后来我们有过反复的几次关于我长途旅行的谈话。丹和我，我们其实都知道，这是不可避免的，我有一天会背起包，出去长途旅行，因为，我知道，我不这样的话，就会毁了自己，丹也知道，丹从来都知道他的中国妻子，他神经里的某些部分，是和我相连的，他知道我生病了。

启程的时候是在十月，我在出发以前，在抽屉里放了一份我已经签字的离婚协议，我在飞机起飞前告诉丹，他可以随时签字。

他开车送我去机场的时候，以色列下了那年的第一场雨，干了八个月的土地扬起灰尘的味道，丹深深地呼吸着，闭上长睫毛的眼睛，说，这是好兆头，真好。

第二天，加沙终于停火了。

尾声

我在南美和北欧行走了近四个月，在艾拉的客栈里待了两个月。

我在陌生的路上，吃着陌生的土地长出来的陌生食物，看着这个陌生的自己，看着那个八年前在中国一个人行走的蓝，以及那个和本一起行走的蓝，那个停留在丹身边的蓝，我有时候什么都不想，有时候把我的前世今生都想透了。

那天我在自己长大的小村庄里，在我养母的病榻前，收到丹的一封邮件，邮件里有一张照片，他小心翼翼地抱着一个深色皮肤的埃塞俄比亚小女孩，她只有三个月，他说，她需要一个妈妈，也许还需要一个黄皮肤的中国妹妹。

丹在照片里，没有刮胡须，他还是穿着格子衬衫，他的笑纹展开了，可是含着让他老十岁的苦恼，我能忍受这个世界上很多事情，但是我无法忍受他不快乐。

几周后，我将我养母埋葬在我养父的身旁。我站在他们坟前，说："娘，我相信我可以做一个好一点的母亲。"